Sut i Ddofi Corryn

MARI GEORGE

I Keith George
am yr ysbrydoliaeth.

Diolch i Atebol am ddangos ffydd ynof wrth gyhoeddi fy nofel gyntaf i oedolion. Diolch hefyd i Meg Elis am roi ei barn ar y gwaith a'm hannog i gyhoeddi. Ond hoffwn ddiolch yn bennaf i Alaw Mai Edwards am ei chyngor a'i hanogaeth a'i hawgrymiadau hynod ddefnyddiol a chreadigol drwy gydol y broses. Diolch hefyd i'r cloc larwm am fy neffro'n gynnar iawn bob bore er mwyn i mi fynd ati i ysgrifennu cyn bod y teulu wedi codi.

Cyhoeddwyd yng Nghymru yn 2023 gan Sebra,
un o frandiau Atebol, Adeiladau'r Fagwyr,
Llanfihangel Genau'r Glyn, Aberystwyth, Ceredigion SY24 5AQ

ISBN: 9781835390009

Dyluniwyd gan Owain Hammonds
Dyluniwyd y clawr gan Tanwen Haf
Golygwyd gan Adran Olygyddol Cyngor Llyfrau Cymru

sebra.cymru

Dymuna'r cyhoeddwr gydnabod cymorth ariannol Cyngor Llyfrau Cymru

Argraffwyd yng Nghymru.

Rhan Un

1

Muriel ydw i a dwi'n credu mewn gwyrthiau.

Gwae'r sawl sy'n credu nad yw gwyrthiau'n gallu digwydd ac mai straeon hud a lledrith ydyn nhw i gyd. Beth yw'r gwahaniaeth, beth bynnag? I mi, os yw stori'n bod, mae'n wir. Ac os yw rhywun yn credu rhywbeth o fewn muriau stori, yna pam ddim ei gredu o fewn muriau bywyd?

Awdur oeddwn i eisiau bod, ond er 'mod i'n blentyn llawn hud a lledrith, doeddwn i ddim yn meddwl 'mod i'n ddigon da. Ac roedd fy stori bersonol i yn un ddigon cyffredin nes i mi gyrraedd fy arddegau. Muriel. Y Gymraes ag enw Saesneg. Y Gymraes ifanc ag enw hen ddynes. Muriel. Y ferch â gwallt hir du a wyneb rhy wyn, fel gwrach.

Ond un diwrnod, dyma fi'n dod o hyd i hen lyfr. *Llyfr Corynnod y Mwmbwls.* Llyfr ryseitiau, o ryw fath, oedd yn perthyn i fam-gu fy mam-gu. Ond nid ryseitiau Fictoria sbynj neu bastai rhiwbob, nage wir. Ryseitiau oedd yn gofyn eich bod chi'n chwilio'r cloddiau am bryfaid a phlanhigion a'u berwi nhw. Roedd sôn wedi bod yn y teulu erioed am y llyfr a'i fod wedi ei basio o un genhedlaeth i'r llall. Ond doeddwn i erioed wedi ei weld, ac roedd e'n ymddangos i mi fel rhyw fath o chwedl o lyfr. Roedd fy mam yn taeru nad oedd y fath lyfr yn bodoli o gwbl. Roedd ei mam hithau wedi dweud ei fod e *yn* bodoli, ond wedi cael ei roi o'r neilltu gan mai dyna oedd orau 'i'r fath beth hyll'. Llyfr anlwcus oedd e, mae'n debyg. Roedd stori'n drwch yn y teulu am ryw hen anti aeth ati i greu ffisig o'r llyfr ac i hwnnw wneud iddi golli ei babi.

Wel, fel mae'n digwydd, doedd y llyfr heb ei guddio'n dda iawn achos wnes i ddod o hyd iddo'n hawdd. Tair ar ddeg oeddwn i. Dwi'n cofio'r peth achos roedd fy mislif wedi dechrau'r diwrnod hwnnw hefyd. Roedd y llyfr mewn tun yn y stafell cadw pob dim yn ein tŷ ni. Pan oeddwn i'n blentyn, roedd gan rai tai 'ystafell gistiau', sef stafell fach yn llawn bocsys, am ryw reswm. Dyw'r fath stafell ddim i'w gweld yn nhai'r to iau bellach. Y peth mwyaf od yw mai corryn a achosodd i mi ffeindio'r tun. Ymddangosodd y corryn mwyaf a thywyllaf i mi ei weld erioed wrth fy nhraed a neidiais o'i ffordd a syrthio dros y tun gan gicio'r caead oddi arno.

Wedi i mi sicrhau bod y corryn wedi mynd yn ddigon pell oddi wrtha i, es i ati'n ofalus i chwilota yn y tun. Roedd yn llawn pethau bach sbâr. Pethau roedd pobl yn eu cadw heb fod iddyn nhw iws na gwerth i neb bellach, fel pensiliau wedi eu naddu'n rhy fach i'w dal (ag ôl dannedd rhywun ar eu copaon), corcyn potel win oedd yn amlwg wedi dod o ryw ddathliad pwysig, derbynneb dilledyn o St Michael yn 1968, cardiau pen-blwydd, siswrn wedi rhydu. Beth oeddwn i'n ei wneud yn busnesan yn y stafell yma? Wel, plentyn fel yna oeddwn i. Doeddwn i ddim yn un am chwarae gyda ffrindiau neu ddal y bws i'r dref neu i'r sinema. Crwydro fyddwn i, yn yr ardd, yn y coed neu, os oedd hi'n bwrw glaw, yn yr atig. Twrio, chwilmentan, chwilota, busnesan ...

Codais y llyfr ryseitiau. Doedd dim byd rhyfeddol am y clawr. Clawr tywyll, nefi blw oedd arno, yn llawn staeniau, fel marciau mygiau te neu efallai olion gwaed sych. Roedd yn fach iawn hefyd, fel rhyw lyfr nodiadau mae beirdd yn ei gario yn eu pocedi ac yn sgriblo syniadau ynddo pan fydd yr awen yn taro. Ond er ei fod yn fach, roedd yn drwchus iawn ac roedd cymysgedd o damprwydd a bysedd y blynyddoedd wedi ei chwyddo'n fwy fyth. Roedd yr ysgrifen ar y clawr bron yn annealladwy, yn hyll ac wedi ei smwtsio. Fe'i hagorais yn ofalus gan fod rhai o'r tudalennau wedi glynu at ei gilydd fel dail. Roedd yr inc yn ddigon clir ac roedd rhywbeth am y llyfr oedd yn ymbil arna i beidio â'i roi i lawr. Es i ati i geisio ei ddarllen.

Roedd y llyfr yn hen iawn a thinc a chyfeiriadau canoloesol ynddo. Llyfr nodiadau gan rywun, efallai? Ond eto, doedd e ddim o gyfnod yr Oesoedd Canol am ei fod mewn Cymraeg cymharol gyfoes, er ychydig yn hen ffasiwn. Ai rhywun oedd wedi diweddaru'r llyfr? Efallai fod fersiwn mewn Hen Gymraeg neu Gymraeg Canol wedi bodoli unwaith? Roedd y llyfr ei hun yn cynnwys ryseitiau fel 'Diod i gael gwared ar boenau misol morwyn', 'Cacen i wneud i chi gysgu'r nos', 'Hylif i ladd dafaden' a phethau mwy dyrys fel 'Cawl i greu baban'. Yng nghefn y llyfr roedd llwyth o dudalennau gwag, fel petai'r awdur ddim wedi gorffen yr hyn oedd ganddo i'w ddweud. Cuddiais y llyfr yng nghefn fy nghwpwrdd dillad ac ni ddywedais air wrth neb amdano.

2

Rai misoedd yn ddiweddarach, pan oeddwn adre o'r ysgol ar ddiwrnod Hyfforddiant Mewn Swydd ac wedi blino edrych ar y rhaglenni teledu dyddiol rhad a marwaidd, cofiais i am y llyfr. Es i'w nôl i edrych yn fanylach ar y ryseitiau a gweld bod yna elfen yn ymwneud â chorynnod ym mhob un. Roedd defnydd mawr i weoedd gwahanol gorynnod; roedd angen coesau corryn mewn un rysáit; roedd angen planhigion penodol roedd corynnod wedi bod yn byw arnyn nhw mewn un arall, ac roedd poer corryn yn ddefnyddiol hyd yn oed, os oeddech yn ddigon ffodus i ddod o hyd iddo. Roedd hwn yn rhyfeddol. Doeddwn i erioed wedi darllen unrhyw beth tebyg iddo o'r blaen. Fel nifer o blant eraill, mae'n siŵr, roeddwn wedi ceisio gwneud cymysgiadau amrywiol pan oeddwn yn blentyn. Dwi'n cofio berwi petalau rhosod pinc un tro, oeri'r hylif a'i hidlo i mewn i botel a'i adael gyda'r gobaith o wneud persawr. Cefais dipyn o siom ar ôl ei agor ac arogli dim byd ond pydredd.

A minnau'n ferch ifanc dair ar ddeg oed eithaf dwys a dim diddordeb gen i mewn bechgyn na cholur ar y pryd, roeddwn yn ysu am arbrofi â rhai o'r ryseitiau. Roedd gan fy mrawd *verruca* mawr ar ei droed dde, felly fe es i ati i chwilio am rysáit o'r llyfr i'w wella. Chwiliais am 'verruca' ond doedd dim sôn am y gair. Yna gwelais y rysáit 'Hylif i ladd dafaden' ac es i ati i'w wneud. Roedd angen bwcedaid o bennau melyn dant y llew, dail mintys, rhosmari a drain, ynghyd â darn o we cor oddi ar blanhigyn. Berwais y cwbl a'i adael i oeri cyn gorchymyn i fy mrawd socian ei droed yn yr hylif am awr. Cadwais yr hylif mewn jar a dweud wrth fy mrawd am ailadrodd yr un weithred bob dydd am wythnos. Cyn diwedd yr ail wythnos roedd y *verruca* wedi diflannu, er mawr ddifyrrwch i weddill y teulu (er nad oedd gan fy mrawd damaid o ots a oedd y *verruca* yno neu beidio).

Dyna pryd y sylweddolais fod hwn yn llyfr gwerth chweil. Ond roeddwn hefyd yn tybio y gallai fod yn llyfr digon peryglus yn y dwylo anghywir. Doedd hynny ddim yn fy mhoeni o gwbl ac roeddwn wedi dod yn dipyn o seren yn ein tŷ ni gyda fy nhriniaethau amgen. Yn wir, roedd y ryseitiau ar gyfer y mân anhwylderau yn gweithio i gyd. Llwyddais i dynnu'r cen o wallt Dad, i bylu'r *varicose veins* yng nghoesau Mam-gu, i dynnu brychni o fochau fy ffrindiau ac i gael gwared o'r ddannodd i Mam. Roeddwn i'n methu coelio eu bod yn gweithio mor dda. Y peth rhyfeddol oedd na chroesodd feddwl neb yn y teulu 'mod i wedi dod o hyd i *Lyfr Corynnod y Mwmbwls*. Roedd Mam a Dad yn meddwl 'mod i'n codi'r cwbl o'r comics rwtsh roeddwn yn eu darllen yn ddi-ben-draw – *Mandy*, *Bunty* ac ati. A gadewais iddyn nhw gredu hynny hefyd. Doedd dim pwynt iddyn nhw weld y llyfr. Dim o gwbl. Y peth ola roeddwn am iddyn nhw ei weld oedd y rysáit ar sut i hedfan rhag ofn iddyn nhw feddwl 'mod i'n mynd i geisio neidio allan drwy'r ffenest. Ac roedd gen i ychydig o gywilydd mai dyna'r oeddwn i'n dyheu amdano'n fwy na dim; yn poeni y byddai pobl yn meddwl 'mod i'n wallgo.

Roedd y wyrth o hedfan yn obsesiwn gen i ar hyd fy mhlentyndod. Dechreuodd y peth pan ddaeth aderyn at ddrws y patio a gwenu arna i. Gallwn daeru ei fod yn dweud, 'Dwi'n gallu hedfan.' 'So what?' meddwn i 'nôl (yn fy mhen, wrth gwrs). 'Dwi'n gallu cerdded.' 'Dwi'n gallu cerdded hefyd,' meddai'r aderyn. Wedi hynny, pan fyddwn i'n mynd i weld Siôn Corn a hwnnw'n gofyn, 'Beth ti moyn yn anrheg Nadolig?' byddwn i'n ateb yn obeithiol, 'Adenydd.' A phan fyddwn i'n chwythu canhwyllau pen-blwydd bob blwyddyn a rhyw anti'n dweud, 'Make a wish, there's a good girl,' fy ngeiriau bob tro fyddai: 'I wish, I wish I could fly.'

Roeddwn yn gwybod bod rysáit yn y llyfr oedd yn honni rhoi'r gallu i hedfan i berson. Roeddwn wedi bod yn meddwl am y peth ers sbel a phenderfynais 'mod i'n methu peidio â'i drio, felly es i ati i roi cynnig ar y rysáit. Nid petalau a dail a gwe yn unig oedd y gyfrinach y tro hwn ond pridd. Er mwyn cael cryfder i hedfan roedd rhaid bwyta pridd. Pwy yn ei iawn bwyll fyddai'n bwyta pridd, meddech chi. Wel fi. Dilynais y rysáit yn slafaidd. Ar hirddydd haf, roedd angen casglu tair owns o bridd, tair owns o ddrain, saith pluen a thair modfedd o we cor, eu berwi a'u hoeri cyn eu hidlo. Wedyn yfed llond llwy fwrdd o'r hylif brown bob dydd am flwyddyn. Dyna wnes i. Ac ar ddiwrnod ola'r gwanwyn, ar hirddydd haf, es i allan a sefyll o dan y coed a fflapio fy mreichiau fel cyw bach. Ond ddigwyddodd dim byd. Camais i ben carreg fawr gan feddwl bod angen ychydig o ddibyn rhyngof a'r ddaear, a cheisio eto. Plygais fy mhengliniau, fflapiais fy mreichiau, anadlais yn rheolaidd ... ond wnes i ddim codi modfedd. Daliais i ymarfer ac ymarfer ond na, wnes i ddim hedfan. Dim ond dychmygu. Dychmygu codi at frigyn isaf y goeden ac eistedd yno dan grynu a synnu at y ffasiwn ryfeddod. Dychmygu saethu i fyny'n uwch – at frig y coed lle'r oedd nyth ar ôl nyth mewn clystyrau nes edrych fel un nyth mawr. Dychmygu glanio ar y brigyn uchaf yn falch, fel rhyw baun cysetlyd.

Roedd rhaid i mi fodloni ar gadw fy nhraed ar y ddaear a sylweddoli nad oedd y llyfr yn gweithio bob tro. Roedd rhaid bodloni hefyd ar y ffaith nad oedd gwyrth yn hawdd ei chyflawni wedi'r cwbl. Braf oedd y dyddiau hynny, pan oedd rhywun yn ceisio rhywbeth gwell, rhywbeth nad oedd ganddo o hyd, yn hytrach na cheisio gwella sefyllfa oedd wedi gwaethygu a hiraethu am y bywyd syml oedd yn hollol iawn fel ag yr oedd.

3

Y gwrthwyneb i wyrth yw salwch. Mae gwyrth yn gallu gwella. Mae salwch yn gallu lladd ac mae mwy o salwch na gwyrthiau. Serch hynny, mae gwyrthiau ar gael, i'w gweld ac i'w creu o ddeunyddiau sydd o'n cwmpas ni. Rhaid i ni fod yn ddigon craff i sylwi arnyn nhw ac yn ddigon clyfar i wybod y gwahaniaeth rhwng gwyrth a thwyll, fel gwybod y gwahaniaeth rhwng chwyn a danadl poethion a rhwng llus ac aeron gwenwynig. Rhaid i ni hefyd fod yn barod am y gwyrthiau yma fel ag y dylem, yn yr un modd, fod yn barod am bethau gwael bywyd.

Pan ddaeth diagnosis Ken, doeddwn i ddim yn barod amdano. Roeddwn i am ddweud, 'Dwi ddim eisiau clywed hyn nawr. Gawn ni ei drafod e rywbryd eto?' Roedd e wedi bod yn flinedig ers amser, ond doedd pawb felly weithiau? Ac ers wythnosau, doedd e heb fod â llawer o awydd bwyd ac roedd e weithiau'n chwydu. Roedd ei wallt brown – oedd wastad wedi bod yn gryf a thrwchus – wedi dechrau teneuo, a'i lygaid yn ddi-liw a dwfn a chrychau o'u cwmpas. Roedd ei groen iach oedd wastad yn edrych fel petai lliw haul arno wedi gwelwi, fel petai wedi bod yn gweithio o dan y ddaear. Dwi'n cofio sylwi ar ei ddwylo, oedd wastad wedi bod yn fain ac yn hir, wedi chwyddo ac wedi melynu fel papur newydd yn yr haul. Roedd yn canu llai a llai ar y ffidil, ei ddiléit mwyaf, ac roedd e fel petai wedi datblygu sensitifrwydd i sŵn. Byddai'n neidio pan fyddwn i'n troi'r radio ymlaen, ac yn gwgu o glywed cân yn cael ei chwarae'n uwch nag arfer.

Er hyn, doeddwn i ddim eisiau credu bod dim o'i le. Ddim ar y foment yna. Roedd gen i bethau i'w gwneud. Ond os ddim ar y foment yna, yna pryd? Ydy rhywun byth yn barod i glywed newyddion gwael? Does byth amser iawn i gael diagnosis o salwch. Pryd fyddai'r amser iawn? Rhwng cinio a swper rhyw ddydd Mawrth cymharol dawel rhwng Dolig a'r Calan? Ar fore Llun glawiog pan does yna ddim byd arall yn digwydd?

Roedd Ken wedi bod am brofion ar ei ben ei hun mewn cyfnod pan oedd y ddau ohonon ni wedi bod yn brysur iawn – prysurach nag arfer. Roedden ni'n falch o fod yn brysur, rhywsut. Yn pasio'n gilydd wrth y drws ffrynt, yn gwastraffu amser, yn meddwl ac yn siarad am bopeth ond am y foment. Roedden ni'n siarad am ddim. Gwneud sŵn, unrhyw sŵn, ac eto roedd rhyw fflachiadau o realiti yn mynnu gwasgu eu ffordd atom fel chwyn yn dod trwy batio ...

Mae rhai sydd heb gael llawer o drybini yn eu bywydau yn dychmygu sut fydden nhw'n ymddwyn petaen nhw *yn* cael newyddion gwael, gan obeithio y byddai'n digwydd mewn ffordd gymharol hawdd ei derbyn. Dyma sut y dylai diagnosis Ken fod wedi bod yn fy mhen bach i:

Mae'r ddau ohonon ni'n cael galwad ffôn a dyddiad i'w roi ar y calendr. Dyddiad y canlyniad. Dwi wedi gwneud fy ngwallt ac wedi gwisgo dillad da a cholur ac mae yntau yn ei grys FatFace llwyd. Yr un neis. Mae'r ddau ohonon ni wedi trafod pethau da a gwael, pob un canlyniad dan haul. Ni'n mynd am bryd neis o fwyd ar y ffordd i'r ysbyty ac yna'n chwistrellu gwynt mintys ar ein tafodau. Dwi'n rhoi haenen arall o finlliw a chwistrelliad o bersawr ar ôl parcio'r car yn y maes parcio sydd nawr am ddim (diolch byth). Dydyn ni ddim wedi cael trafferth cael lle i barcio.

Mae'r nyrs yn dod i gwrdd â ni wrth ddrws yr ysbyty. Ni'n cael ychydig bach o ffafriaeth, efallai achos ei bod hi'n siarad Cymraeg ac wedi gweld Ken ar y teledu yn canu llais cefndir ac yn canu'r ffidil ar Noson Lawen *flwyddyn yn ôl. Mae'r ddau'n bondio rhwng y drws ffrynt a stafell yr ymgynghorydd. Mae hi'n ein tywys i'r drws, yn cnocio, yn ei agor ac yn dweud:*

'Mr a Mrs Ken a Muriel Jones.'

Mae'r ymgynghorydd yn dod at y drws i'n hebrwng ni mewn.

'Eisteddwch. Alla i nôl te neu goffi neu ddŵr i chi?' Ni'n ysgwyd ein pennau ac mae e'n troi at ei nodiadau ac yn rhoi'r diagnosis mor llyfn ac annwyl â bardd.

'Mae'n ddrwg gen i ond dyw'r newyddion ddim yn dda.' Mae dagrau yn dod i'w lygaid. 'Mae tiwmor yn yr ymennydd. Dwi mor flin am hyn.'

Mae e'n fy ngweld i'n crio ac mae e'n crio gyda fi. Mae Ken yn dal fy llaw. Mae e'n crio. Ni i gyd yn crio. Mae'r nyrs yn dod i mewn ac yn eistedd gyda ni, yn gafael yn ein dwylo ac yn crio hefyd. Mae'r ymgynghorydd yn dweud nad yw e'n credu bod llawer y gellir ei wneud am y tiwmor am ei fod mewn lle anodd. Mae e'n rhoi ei rif personol i ni i'w roi yn ein ffonau symudol er mwyn i ni allu ei ffonio ddydd neu nos. Mae'r nyrs yn trefnu sesiynau cwnsela i ni er mwyn i ni ddygymod â'r sioc ac er mwyn i ni wneud y penderfyniadau iawn ynglŷn â'r camau nesaf.

'Chi byth yn gwybod, mae gwyrthiau'n gallu digwydd,' meddai'r ymgynghorydd.

Ni'n mynd adref ac yn galw aelodau o'r teulu draw. Mae pawb yn eistedd mewn tawelwch yn y lolfa (sy'n berffaith daclus a glân fel petai'r holl lanhau a wnaethpwyd erioed wedi ei wneud ar gyfer y foment hon). Ni'n dau, rhwng igian crio, yn cyflwyno'r newyddion erchyll i bawb. Mae pawb yn crio. Mae pawb yn cofleidio. Tor calon go iawn i bawb. Rydyn ni'n cael bwyd wedi ei wneud i ni a'i gludo at stepen y drws ffrynt am wythnosau wedyn. A proseco.

Nid felly'r oedd hi, wrth gwrs.

4

Fel hyn oedd hi ...

Dwi'n eistedd ar ysgwyddau Ken yn glanhau top y cypyrddau dillad.

Unwaith y flwyddyn fydd hyn yn digwydd. Byddwn ni'n rhoi cerddoriaeth yr wythdegau ymlaen a minnau'n pwyso ar gefn Ken ac yntau'n dweud, 'two, three, hup ...'

A bydda i'n neidio ac yntau'n gwthio fy mhen ôl i fyny i dop ei gefn ... bydd e'n esgus ei fod e'n mynd i syrthio a bydda i'n gweiddi, a bydd y ddau ohonon ni'n chwerthin.

'Llwyth o ddwst fan hyn,' fydda i'n dweud.

'A pwy sy'n gweld?' fydd e'n ateb.

A bydda i'n parhau â'r ddefod o sychu'r cyfan gyda chlwtyn llaith a dod â dau focs i lawr, a'r ddau yn llawn poteli o stwff bath a thalc sydd heb eu defnyddio.

'Daflwn ni'r rhain?'

'Gwell cadw nhw ... handi at raffl neu rywbeth. Ti byth yn gwybod.'

Dwi'n eu rhoi nhw'n ôl yn eu cartref parhaol ar ben y cwpwrdd i felynu ychydig yn rhagor dros flwyddyn arall (a byddai cywilydd arna i weld rhywun yn eu hennill mewn raffl).

Ac mae'r ysbyty'n ffonio.

'Dewch lawr, Ken.' A does dim sôn amdana i yn gorfod mynd hefyd a dim sôn ei fod o bosibl angen cwmni achos bod y newyddion yn wael. Oherwydd hynny, dydyn ni ddim yn meddwl y bydd y newyddion *yn* wael. 'Dewch lawr,' fel petaen nhw'n ein gwahodd am ddiod i'r ardd ar hap ar ryw noson braf, annisgwyl. 'Dewch fel ydych chi. A does dim eisiau i chi ddod â dim.'

Does dim eisiau i mi newid na chribo fy ngwallt?

Dwi *yn* cribo fy ngwallt ac yn gweld bod dau flewyn gwyn yn tyfu o'r rhaniad ar dop fy mhen. A minnau'n meddwl fod y ffaith 'mod i wedi cyrraedd fy nhridegau hwyr heb ddechrau britho'n golygu mai fel yna fydda i am byth.

Awn i mewn ar frys a chael ein taro gan arogl cinio dydd Sul wedi cael ei glirio. Yn anffodus, does dim swyddfa breifat i siarad gyda'r ymgynghorydd. Rhaid i ni fynd i ward fach gyda gwelyau ynddi a gwelaf ddyn yn pendwmpian ag olion grefi ar ei ên ac un arall yn udo mewn poen, ac un fenyw yn ceisio codi ei gŵn nos tenau dros ei phen ac yn dangos popeth i bawb heb boeni. Mae sŵn cerddoriaeth bop o ryw radio yn dod o rywle'n y pellter a does dim modd adnabod y gân. Mae nyrs yn mopio'r llawr ac arogl piso a Dettol a thraed yn gymysg yn y bwced.

Ac mae'r nyrs yn ein hebrwng i eistedd ar y gwely ac yn tynnu'r cyrtens glas o'n hamgylch sydd ddim cweit yn cau. Ac wedyn daw'r ymgynghorydd. Dyw e ddim mor smart ag roeddwn i'n disgwyl iddo fe fod. Mae eisiau smwddio ei grys yn druenus, a dylai fod wedi siafio cyn dod i wneud gwaith fel hyn. Does dim tei.

Mae criw o fyfyrwyr yn ei ddilyn o gwmpas fel cŵn bach. Mae'r ymgynghorydd yn sefyll a braidd yn dweud helô. Mae'n llawn annwyd. Mae pawb yn gwasgu mewn heibio'r cyrtens fel criw o yfwyr yn cysgodi rhag y glaw ym mhabell Syched rhyw steddfod 'slawer dydd.

A does dim cynnig paned o de na bisged, ond fydden ni ddim wedi gallu stumogi unrhyw beth ta beth, gan fod y fenyw yn y gŵn nos newydd ofyn am y comôd a ninnau'n clywed pob rhech ac ochenaid o'i phen ôl.

Mae'r ymgynghorydd yn gofyn a ydyn ni'n meindio cael y myfyrwyr yn edrych, a ninnau ddim yn gwybod sut i ddweud bod ots gyda ni. Ond dyw e ddim yn aros am ateb beth bynnag. Mae e'n amlwg ar frys, yn agor ei ffeil nodiadau ac yn clirio fflem o'i wddf cyn siarad yn uchel iawn. Dwi eisiau cydio yn y cyrtens a'u gwasgu ar gau fel nad yw pawb ar y ward fach yn clywed ein newyddion, boed dda neu wael. Mae'n dweud ei fod yn gallu siarad Cymraeg ond mae'n well ganddo drafod hyn yn Saesneg.

Mae'n dweud yn araf bod y canser gafodd Ken yn ei stumog pan oedd e'n ifanc wedi dod yn ôl ac wedi mynd i'w ymennydd. Y canser ddathlon ni ei fod wedi diflannu am byth gyda'r botel win sbesial roedden ni wedi ei phrynu yn St Emilion un haf neis.

Y canser yn ôl. Chwyn yn dod trwy batio.

Dyw'r myfyrwyr yn dweud dim byd, dim ond sefyll a syllu arnon ni, ac rydyn ni i gyd mor agos at ein gilydd nes ein bod yn gallu arogli anadl a phowdr golchi ein gilydd.

'Ond dim ond pedwar deg yw e ... Mae'n gryf achos mae'n gallu fy nghodi i a fy rhoi ar ei ysgwyddau ...?'

All e ddim bod mor ofnadwy â hynny achos dyw'r ymgynghorydd ddim yn edrych yn drist fel y dylai fod. Dyw e ddim yn edrych yn ofidus chwaith. Rhyw olwg flinedig neu wedi laru sydd arno, fel petai'n gorfod gwylio'r un ffilm am y drydedd waith. Golwg eisiau bod yn rhywle ond yn y foment hon.

Mae'r ymgynghorydd yn dweud mewn llais uchel a chlir bod maint a lleoliad y tiwmor yn yr ymennydd yn golygu na fydd modd gwneud unrhyw beth. Ond bydd Ken yn gyfforddus a bydd modd lladd y boen drwy'r dydd a phob dydd.

Mae'r ymgynghorydd yn cau ei ffeil nodiadau a gwenu. Mae'n chwythu ei drwyn ac yn mynd, gyda'r myfyrwyr yn ei ddilyn, â'r un olwg flinedig ac wedi laru ar eu hwynebau hwythau, yn union fel petai copïo wyneb y bòs yn rhan o'u hyfforddiant. Byddai unrhyw olwg arall yn iawn – crac, hapus, dilornus, unrhyw beth ond golwg wedi laru. Golwg eisiau bod yn rhywle arall a pheidio wynebu'r foment.

'Diolch,' dywedaf a gwenu.

Mae'r llawr yn gwichian dan eu traed wrth iddyn nhw

fynd fel y byddai llawr siop pan dwi'n gwisgo trenyrs. Dwi'n troi at Ken ac mae yntau'n rhoi gwên ansicr.

A dwi eisiau'r nyrs ond mae'r nyrs wedi mynd.

Ond rydyn ni'n lwcus o'n Gwasanaeth Iechyd, wrth gwrs.

Wedyn awn ni adre a dwi'n rhoi'r tegell i ferwi ddwywaith am ryw reswm, ac yn gwneud te mewn tebot am y tro cyntaf ers blynyddoedd.

A chawn ni swper bach a dydyn ni ddim yn siarad mwy am y peth gan fod ein hoff raglen deledu ymlaen, a does dim amser i ffonio'r teulu. Gwell aros tan y bore. A wedyn dwi'n hwfro. A wedyn awn ni i'r gwely i orwedd a meddwl.

A dwi'n deall nad yw'r ymgynghorydd yn gallu bod yn drist am bob un darn o newyddion drwg, achos mae ganddo anwyliaid sy'n agosach ato, a'r rheiny sy'n bwysig, ac mae'n cadw ei dristwch i'w ddefnyddio ar eu cyfer nhw. A dwi'n deall bod bywyd yn gachu o hyd mewn ysbyty ac mae pobl sydd tu allan i ysbytai yn anghofio hyn ac mae nyrsys a doctoriaid yn gweithio'n galed iawn ac yn haeddu pob ceiniog a mwy. Diolch amdanyn nhw ac am y Gwasanaeth Iechyd a gwae ni am ffeindio bai. Ond dwi'n grac â'r nyrsys a'r doctoriaid hefyd.

Rydyn ni'n mentro allan o'r tŷ y bore wedyn, yn dawel i ddechrau gan feddwl bod pawb yn edrych arnon ni. Ond wrth gwrs, does neb yn gwybod. Mae'n teimlo fel petaen ni'n cerdded mewn byd gwahanol ond un sy'n union yr un peth i bawb arall. Mae'r haul yr un fath yn yr awyr. Diawl o haul hapus. Mae pobl yn cerdded yr un ffordd â ni ac yn cerdded heibio. Rhai'n chwerthin.

Gwelaf golomen wedi marw ar y pafin a brân yn pigo'i llygaid. Dyw Ken ddim yn sylwi arni, neu efallai nad oes ots ganddo achos mae e'n dal i fynd yn ei flaen. Cerddaf innau drwy'r patrymau gwaed mae'n eu gadael ar ei ôl.

Dydyn ni ddim yn gweld pwynt dweud wrth neb eto achos eu stori nhw fydd hi wedyn, nid ein stori ni.

Stori.

Ar dafod pawb, yn newid tipyn bach wrth gael ei phasio o geg i geg fel *Chinese whispers* ar yr iard 'slawer dydd.

Wedyn ymhen amser, pan mae'n teimlo'n iawn, rydyn ni'n dweud wrth bobl rywsut rywsut, blith draphlith, heb wneud ffŷs, heb dynnu sylw.

Ac mae pobl yn dweud eu bod nhw'n flin i glywed ac y byddan nhw yno i ni pryd bynnag y byddwn ni angen unrhyw beth. Mae yna bobl garedig ac mae yna bobl sydd eisiau bod yn garedig ac mae yna bobl sydd eisiau cael eu gweld yn bod yn garedig ...

Ac mae yna bobl sy'n gallu bod yn garedig.

5

Mae gwyrth yn cael ei diffinio yn y geiriadur fel 'Tro neu ddigwyddiad rhyfeddol na ellir ei esbonio yng ngoleuni unrhyw ddeddf naturiol hysbys nac yn ôl rheol achos ac effaith ac a briodolir gan hynny i ymyriad dwyfol neu oruwchnaturiol ...'

Fy hoff straeon am wyrthiau pan oeddwn yn ifanc oedd y straeon mwyaf rhyfeddol ac amhosibl, fel y rhai am gerfluniau'n wylo neu waedu. Yn 1973, mae'n debyg i gerflun mewn eglwys fach yn Akita, Siapan, ddechrau gwaedu yn fuan ar ôl i'r Chwaer Agnes Sasagawa yn yr eglwys weld y Forwyn Fair. Parhaodd y cerflun i grio, chwysu a gwaedu am flynyddoedd ac fe gafodd ei ddangos ar y teledu. Dechreuodd y Chwaer Agnes, oedd yn fyddar cyn y digwyddiad, glywed eto tua degawd yn ddiweddarach yn ôl y sôn.

Yn 1869 bu farw Sarah Jacob ar ôl dwy flynedd, dau fis ac un wythnos heb fwyd. Roedd ei rhieni'n honni mai gwyrth wnaeth sicrhau iddi fyw mor hir. Pa reswm arall sydd am i Sarah Jacob – a nifer o ferched eraill – fyw mor hir ar ddim ond dŵr? Gwyrth.

Mae cymaint o bobl yn dweud nad yw gwyrthiau'n gallu digwydd, yn yr un modd y maen nhw'n dweud bod yna ddim ysbrydion, neu fod dim posib i rywun ragweld y dyfodol. Traetha'r un bobl nad yw dyn â'r gallu i gyflawni pethau y tu hwnt i'w allu pob dydd. Mae hedfan yn un o'r pethau hynny. Roedd rhaid i mi dderbyn na fyddwn i byth yn gallu hedfan, hyd yn oed o geisio creu rysáit hud a lledrith. Ond fel y dywedais i, dwi *yn* credu mewn gwyrthiau. Y wyrth fwyaf sbesial yw atgyfodiad Iesu Grist. Roedd hynny'n sicr yn dro rhyfeddol na ellir ei esbonio. Roedd holl fywyd Iesu'n wyrth; ei holl weithredoedd o iacháu a cherdded ar ddŵr a throi dŵr yn win a phorthi'r pum mil. Does ryfedd bod nifer yn wfftio Cristnogaeth. Mae'n haws peidio â chredu gweithredoedd felly oherwydd wrth i ddyn a thechnoleg ddatblygu, ystyrir straeon y Beibl yn ddim byd ond hynny – straeon. Ac mae'r sawl sy'n eu credu'n ymddangos yn fwyfwy naïf.

Mae Ken yn un am hanes. Dywedodd sawl stori wrtha i am bobl yn iacháu cleifion 'slawer dydd. Aeth â fi i Ffynnon Wenffrewi pan oedden ni ar drip gwersylla yn y gogledd. Mae'r ffynnon yn enwog am wella pobl sâl, ac mae'n rhaid fod ymweliad â'r ffynnon yn gweithio achos bod olion baglau a ffyn i'w gweld o hyd yno – y pethau oedd ddim eu hangen ar gleifion bellach oherwydd iddynt gael eu hiacháu. Gan ein bod yn y *mode* ffynhonnau, aethon ni wedyn draw yr holl ffordd i Aberdaron i geisio dod o hyd i Ffynnon Fair sy'n enwog am roi bendith y Forwyn Fair ac iechyd i bererinion cyn iddyn nhw groesi i Ynys Enlli. Dwy ffynnon mewn un trip oedd hynny.

Ond hanes oedd hynny i Ken. Pethau roedd pobl yn eu credu yn y gorffennol. Dyw e ddim wir yn un am wyrthiau. Dyw e ddim yn un i feddwl y tu hwnt i bethau arferol bywyd. Edrychodd yn hurt arna i pan wnes i awgrymu mynd i chwilio am ddŵr o ryw ffynnon iachaol, neu hyd yn oed trefnu ychydig o aromatherapi i geisio lleddfu'r canser. Ond roeddwn i'n barod i drio unrhyw beth. A doeddwn i ddim yn deall pam nad oedd yntau hefyd. Roedd y salwch fel petai wedi gwneud iddo sefyll yn ei unfan, fel petai'n ildio i'w dynged, fel cerflun yn erydu mewn tywydd mawr. Roedd geiriau'r meddyg wedi eu cerfio yng nghrombil ei ben, druan.

Ond dechreuais i feddwl y tu hwnt i gyfarwyddiadau'r meddyg, am bosibiliadau y tu hwnt i'r dull arferol o gael iachâd. Darllenais a darllenais, stori ar ôl stori. Aeth fy meddwl o hyd yn ôl at *Lyfr Corynnod y Mwmbwls*. Tybed a oedd ateb yn hwnnw? Chwarae plant oedd creu'r ryseitiau ar gyfer rhyw fân bethau pan oeddwn yn fy arddegau. Ond eto, mae nifer o ryseitiau neu arferion gwella naturiol wedi cael eu trosglwyddo o berson i berson, o genhedlaeth i genhedlaeth, ar ffurf straeon. Mae cyswllt mytholegol erioed rhwng y grefft o ddweud stori a'r grefft o iacháu. Mewn rhai cymunedau yr un bobl oedd y storïwyr a'r iachawyr. Mewn nifer o ddiwylliannau yn Ne America, mae salwch yn dynodi bod bywyd, ysbryd neu berthnasoedd y claf wedi colli cydbwysedd a harmoni. Mae angen adfer cydbwysedd ysbrydol cyn y gellir gwella salwch corfforol. Mewn geiriau eraill, dod o hyd i'r ysfa a'r brwdfrydedd i gipio a chofleidio bywyd sydd ym mhob un ohonom pan fyddwn yn blant. Ond mae uchelgais plentyn yn cael ei glastwreiddio wrth iddo dyfu'n hŷn. Athrawon sinigaidd, diddychymyg, ffrindiau cenfigennus yn dinistrio brwdfrydedd, rhieni rhy synhwyrol, partneriaid rhy warchodol. Yn lladd y llais bach yna oddi mewn sy'n dweud bod unrhyw beth yn bosib.

Cerddodd Iesu ar ddŵr. Trodd y dŵr yn win. Roedd Iesu'n rhywun arbennig ond dyn cyffredin oedd Iesu. Menyw gyffredin oeddwn i. A oedd modd i mi gyflawni'r wyrth o wella fy ngŵr o'i salwch? Oedd dod o hyd i *Lyfr Corynnod y Mwmbwls* yn wyrth ynddo'i hun? Pa ddrwg fyddai chwilio yn y llyfr yn ei wneud pan oedd angen ateb a gwyrth arna i?

6

Wylais i droeon ar ôl y diagnosis. Aros yn ei unfan wnaeth Ken. Ond aeth yn dawelach a thawelach. Gan nad oedd yn gallu prosesu na chredu'r peth, roedd yn ei anwybyddu. Roedd e'n gweld y peth fel stori ac yntau'n ildio i'w dynged. Ond mae modd i rywun newid stori, ei llywio unrhyw ffordd sy'n gweddu. Ni yw awduron pob stori a'n realiti ni yw'r gwir. Ac mae'r stori honno, yn ei thro, yn ffurfio'i hawdur yn aml. Dyna fy marn i, ta beth.

Am y pythefnos ar ôl y diagnosis cawsom ryw bob nos. Roedd hi fel petai'r ddau ohonon ni eisiau ailafael yn egni'n dyddiau cynnar o garu. Ac roedd cael rhyw yn haws i Ken na siarad. Canai'r ffidil bob cyfle'r oedd yn ei gael, gan greu tiwniau bach newydd hyfryd, ysgafn, fel plu eira'n taro'r ffenest. Roedd fel petai'n benderfynol o gyfansoddi'r alaw orau erioed, neu efallai ei fod am adael cymaint ohono fe'i hunan â phosib ar ôl trwy ei fiwsig. Doedd Ken ddim yn gweithio erbyn hyn a gan mai dim ond ambell i ddiwrnod yn y siop losin oeddwn i'n ei wneud, roedd y dyddiau'n llusgo. Cynt, byddai'r dyddiau'n hir fel traethau melyn newydd eu golchi gan y môr, yn aros am draed. Ond bellach, byddai'r dyddiau'n taro'r creigiau garw'n araf, fel traeth yn disgwyl storm. Roedd gennym arian ond doedd unman i fynd. Doedden ni ddim wedi cael plant, ac felly roedd gennym gelc go dda y tu ôl i ni, a'r bwriad oedd mynd i deithio'r byd yn y blynyddoedd oedd i ddod ...

Ond doeddwn i ddim eisiau bod yn rhywun oedd wedi cael fy sobri gan fywyd. Rhywun oedd wedi dysgu 'gwers fawr' ac wedi rhoi'r gorau i gwyno am y pethau bychain – wedi cyrraedd rhyw fath o drobwynt yn fy mywyd a minnau'n ddim ond deugain oed. Ddim eisiau dethol tabledi bob bore ac aros i bobl ddod i'n gweld ni. Aros am gacen. Ddim eisiau rhoi rheswm i ni'n dau droi'n bobl oedd yn defnyddio ystrydebau ac yn difaru peidio gwerthfawrogi ein hiechyd. Ddim eisiau dweud 'Gwnewch y gorau o bob cyfle' wrth bobl. Roedden ni eisiau cwyno am annwyd neu ben tost, a doedden ni'n sicr ddim eisiau label. Enw. Diagnosis. Rhywbeth i'n diffinio ni. 'Fe yw'r boi â chanser.' 'Hi yw gwraig y boi â chanser.'

Dyw pobl iach ddim eisiau siarad am salwch. Ddim mewn gwirionedd. Wnawn nhw ofyn, 'Sut wyt ti?' ac wrth i chi ateb yn onest maen nhw'n edrych i rywle pell dros eich ysgwydd, neu'n gofyn cwestiwn arall cyn i chi ateb. Dyna sut mae pobl. Dyna sut roeddwn i hefyd cyn diagnosis Ken.

Roedden ni ar ein pennau ein hunain bellach. Roedden ni ar groesffordd ac roedd dau ddewis. Ymdoddi i'r tristwch a'r diffyg gobaith ac aros i farw, neu benderfynu brwydro a chwilio am ffordd i wella. Dim ond hymian a chanu'r ffidil oedd ateb Ken i bob peth roeddwn yn ei ofyn iddo. Roedd miwsig wedi cymryd lle unrhyw sgwrs.

'Ken, wnei di siarad gyda fi?'

'Am beth?'

'Hyn.' Ken yn canu'r ffidil yn dawel. 'Ti'n dost.'

'Dwi'n ocê.'

'Ar hyn o bryd. Ond beth ydyn ni'n mynd i 'neud?'

'Fydda i'n iawn.'

'Fyddi di?'

'Meddwl yn bositif yw'r ateb. A bod gyda'n gilydd. Mewn undod mae nerth. Fe drechwn ni hwn, Muriel.'

Roedd ei dafod wedi dysgu'r ystrydebau'n barod.

Ond roedd y diflastod wedi clymu yng ngodre fy nghoesau fel gwreiddiau coed uwchben y pridd, yn ceisio baglu rhywun. Roedd hi'n ddiwedd Awst. Diwedd yr haf a diwedd y byd. Roedd tamprwydd dail gobeithion wedi dechrau disgyn. Cerddais drwyddyn nhw ar fy mhen fy hun a'u gwlybaniaeth yn ymestyn i fyny fy nhrowsus. Roedd teimlo'r tamprwydd anghyfforddus fel teimlo'r salwch yn lledu i bob cwr o gorff Ken, a neb yn gallu ei weld heb sôn am ei atal. Teimlwn ddiymadferthedd y dyddiau. Oferedd bodolaeth. I beth oedden ni'n cael ein geni? Beth oedd pwrpas treulio'r diwrnod yn lladd amser er mwyn blino digon i gysgu a chodi eto'r diwrnod wedyn? Byw i farw, marw i fyw, i farw i fyw i farw. Edrychwn ar y coed yn troi eu lliw a'u gweld yn ofnadwy o hardd – i beth? I bwy? Pam fod gan ddyn y gallu i weld harddwch, dim ond er mwyn gweld ei golli? Beth oedd diben dechrau os oedd y diwedd yn dod?

Roedd dyddiau Ken a fi mor wag â mesen wiwer. Y ddau ohonon ni'n cerdded yn ddall a diddeall i nunlle. Yn gwneud pethau heb eu teimlo. Gwylio'r teledu, darllen llyfr, bwyta bwyd heb ei flasu.

Un prynhawn cyrhaeddais adre a gweld cacen ar y bwrdd – cacen wedi ei phobi gan Ken. Torrodd ddarn i mi a gwelais fod ganddo blastar ar ei fys. Rhoddais y mymryn lleiaf ar fy ngwefus, dim ond i'w blesio. Ac yna, cefais ryw ysfa ryfeddol i ddad-wneud y gacen. Tynnu'r briwsion o fy ngheg ac ailffurfio'r sleisen, rhoi'r sleisen yn ôl yn daclus a'i throi'n gacen eto, ei rhoi yn y ffwrn, oeri'r ffwrn a thynnu'r tun allan, diffodd y ffwrn, dadgymysgu'r cynhwysion – llwy yn llyfu ceg Ken, ffedog yn sychu ei ddwylo, blawd yn dawnsio at y pecyn, y glorian yn pwyso gwacter, tynnu plastar, gwaed yn llifo mewn i'w fys, y gyllell yn dad-dorri'r menyn a dad-dorri ei fys, rhoi'r fowlen a'r llwyau yn ôl o'r golwg, gwenu ar lun Mary Berry, y llyfr yn gwasgu i'w le ar y silff, bol Ken yn galw am rywbeth melys ...

Gwyddwn fod rhaid gwneud rhywbeth, unrhyw beth er mwyn ceisio atal y salwch yma. Doedd dim amdani ond chwilio am wyrth yn *Llyfr Corynnod y Mwmbwls.*

Roedd y llyfr yn honni fod modd gwneud i bethau amhosibl ddigwydd. Roedd yn gywir yn achos gwella *verruca* fy mrawd, ond yn anghywir o ran yr arbrawf hedfan. Beth felly oedd y gwahaniaeth? Ai'r gwir oedd y byddai'r *verruca* wedi gwella beth bynnag gan mai dim ond *verruca* oedd e? Neu a oedd fy mrawd wedi dod o hyd i'r cydbwysedd ysbrydol oedd ei angen i wella? Drwy salwch Ken roeddwn wedi dod o hyd i broblem i'w datrys, ac efallai, wyrth i'w chyflawni. Ond pwy oeddwn i'n feddwl oeddwn i? Y fenyw ddeugain oed oedd heb wneud unrhyw beth syfrdanol erioed yn ei bywyd yn meddwl y byddai'n gallu cyflawni gwyrth?!

Estynnais am y llyfr a'i agor. Craffais ar y llawysgrifen nes i fy llygaid gyfarwyddo eto â siâp dieithr y llythrennau bychain a'r inc oedd wedi troi'n frown. Roedd peth amser ers i mi geisio ei ddarllen yn iawn. Ar ddechrau'r llyfr, roedd pwt o ganmoliaeth rhyfeddol i'r corryn yn gyffredinol. Rhyfeddais at yr wybodaeth. Roedd sôn mai gwe cor fyddai'r gwragedd yn ei daenu dros glwyfau Llywelyn ein Llyw Olaf pan oedd ar faes y gad. Roedd sôn bod corynnod wedi gweu blanced o we a'i thaenu dros breseb Iesu Grist i'w warchod rhag y pryfaid a'r llwch. Roedd y corryn wir yn cael ei ddyrchafu yn y llyfr hwn, fel petai'n meddu ar ryw bwerau arallfydol.

Ysgrifennwyd y ryseitiau yn nhrefn yr wyddor ac roedd mynegai yn y blaen. Chwiliais dan 'C' am 'canser'. Dyma beth oedd yn y rhestr:

Cacen i wneud i chi gysgu'r nos
Cael gwallt i dyfu 'nôl ar y pen

Caledu rhan rywiol dyn
Cawl i greu baban
Cawl i helpu cwsg
Corynnod Gwatemala
Creithiau
Creu crachen drwchus
Creu hylif i ladd chwain

Doedd dim sôn am ganser. Cofiais i mi fethu dod o hyd i'r gair 'verruca' chwaith, felly doedd dim syndod nad oedd y gair 'canser' yno. Oedd canser hyd yn oed yn bodoli yn y dyddiau gynt? Neu os oedd yn bodoli, beth fyddai'r gair amdano? Mae'n siŵr mai trin y symptomau oedd yr arferiad?

Penderfynais wneud cawl. Un gwahanol bob dydd; roedd hynny'n iach, mae'n siŵr. Roedd y broses o ferwi llysiau a chael yr arogl drwy'r tŷ yn gysur ac yn fy nghadw'n brysur. Gwnes i gawl llysiau, cawl cig oen, cawl cyw iâr, cawl lentils, cawl pys, cawl brocoli a chaws glas, cawl sbigoglys, cawl blodfresych, cawl tomato, cawl ysgall, cawl danadl poethion, cawl drain, cawl caws, cawl gyda phopeth gyda'i gilydd. Ac roedd Ken yn bwyta pob un yn fodlon ac yn dweud diolch ar ôl gorffen. Doeddwn i ddim yn gwybod oedden nhw'n gwneud unrhyw ddaioni. Tybiais fod angen rhywbeth cryfach. Es i 'nôl at y llyfr eto. Rhedais fy mys ar hyd rhestr y mynegai a chael fy nenu'n reddfol at 'Gorynnod Gwatemala'. Nid rysáit oedd yno, ond rhyw fath o gerdd:

Yng Ngwatemala ryfedd bell
Mae pryfaid lu i'ch gwneud yn well
Ond ewch trwy ddrysni'r dail a'r coed
I mewn i'r dwfn yn ysgafn droed,
Ni fydd dyn yn troedio'n amal
Trwy fforest drofannol Tikal
Ac yno chwery'r ffidlwr bach
Yn sŵn y mwncwn a'r awyr iach;
Dan ddail mawr gwyrdd a morgrug triw,
Dan wres trofannol ac adar lliw,
Mae yno'n ffidlo un gân ddi-sŵn
Dan wich ystlumod a'r crics a'u grŵn.

Daliwch un a thorrwch ei groen
Cans yno mae'r gwenwyn i ddifa eich poen,
Tynnwch yr hylif a'i daenu ar gwt
Neu'i yfed mewn bowlen o lefrith yn dwt.

Nid yw'n gweithio i bawb, dim ond i rai.
Cewch fwy o amser, neu fe gewch chi lai.

Dwi ddim yn academydd ond dwi ddim yn dwp. Gwglais i'r canlynol: Corynnod, Gwatemala, Ffidlwr, Ffidil.

Cefais yr ateb i'r pos barddonol yn eithaf cyflym.

7

Daeth rhyw fflach o atgof i'r cof wrth gofio am hen brosiect ysgol am gorynnod wnes i flynyddoedd maith yn ôl. Cofiaf yn iawn oherwydd i'r athro synnu i mi ddewis y fath greadur i'w archwilio. Roedd pawb yn gwybod 'mod i'n casáu corynnod. Dyma ddod o hyd i'r prosiect yn y cwtsh dan staer, mewn cyflwr perffaith ac yn darllen fel gwaith rhywun sy'n caru corynnod.

Pryf copyn, pryf cop, copyn, cor, corodyn, corryn, coran.

Mae ganddynt wyth o goesau, crafangyrn gyda dannedd sydd fel arfer yn gallu chwistrellu gwenwyn a nyddynnau sy'n gallu creu sidan. Mae gwe cor yn amrywio o ran maint, siâp a faint o edau gludiog sy'n cael ei ddefnyddio. Maent wedi bod ar y ddaear ers 318 miliwn o flynyddoedd.

Mae'r rhan fwyaf o gorynnod yn ysglyfaethwyr, yn bwyta pryfaid a chorynnod eraill, er bod rhai mawr hefyd yn bwyta adar a madfallod. Mae'n debyg bod 25 miliwn tunnell o gorynnod yn y byd ac maent yn lladd 400–800 miliwn tunnell o ysglyfaethau bob blwyddyn. Maen nhw'n defnyddio ystod eang o strategaethau er mwyn dal eu hysglyfaeth: ei ddal mewn gwe ludiog, ei lasŵio gyda bolasau gludiog, dynwared yr ysglyfaeth er mwyn iddo beidio sylweddoli beth sy'n digwydd, neu ymosod arno. Maent yn troi eu bwyd yn hylif cyn ei fwyta neu yn ei falu.

Mae 38 mil o rywogaethau ohonynt yn y byd. Maen nhw'n amrywio o ran maint: y lleiaf, sef y Patu digua, yn 0.37mm a'r mwyaf, y Goliath Tarantula, yn 25cm. Mae rhai'n lliwgar a rhai'n ddi-liw, rhai'n dew a rhai fel mwydod a rhai wedi eu haddurno â nodweddion neu batrymau rhyfedd.

I osgoi perygl, maent yn gallu cuddio ymysg pethau sydd yr un lliw â nhw. Mae rhai'n dynwared morgrug, sef pryfaid mae nifer o reibwyr yn eu hanwybyddu.

Mae golwg y rhan fwyaf ohonynt yn wael ond maent yn sensitif iawn i ddirgryniadau, yn enwedig rhai a wneir gan bryfaid.

O ystyried 'mod i wirioneddol ofn corynnod, mae'n wyrthiol i mi ddewis gwneud prosiect amdanynt, meddyliais!

Gwelais fy nghyfle i ddarganfod rhagor o wybodaeth am gorynnod Gwatemala a mynd i bori ar y we. Rhyfeddais o weld bod yna gorryn ac arno'r enw 'Fiddleback'. Enw arall arno yw *Loxosceles reclusa*. Mae'r corynnod hyn fel arfer rhwng 6 ac 20 milimetr ond maen nhw'n gallu tyfu'n fwy. Maen nhw fel arfer yn frown golau neu dywyll neu lwyd-ddu. Ar eu cefnau, mae ganddynt linell ddu unigryw sy'n edrych fel siâp corff y ffidil, gyda byseddfwrdd yr offeryn yn pwyntio at ben ôl y corryn. Dyna pam gafodd e'r enw 'corryn y ffidil', 'ffidlwr brown' neu 'gorryn feiolín'. Mae ganddyn nhw chwe llygad wedi eu trefnu mewn parau. Ych a fi. Maen nhw'n aml yn byw mewn lleoedd tywyll cysgodol fel dan bentyrrau o bren, dail neu greigiau.

O chwilio a darllen mwy o dudalennau ar y we, dyma fi'n dod at ddarn erchyll oedd yn disgrifio anturiaethwr yn y jyngl yn cael cnoad gan gorryn y ffidil. Doedd e ddim wedi teimlo'r cnoad ac ni ddatblygodd y symptomau am nifer o oriau, ond fe drodd y cnoad yn borffor a dechreuodd y dyn druan chwydu a chwysu wrth i'r gwenwyn ledu drwyddo. Methodd ei arennau a bu farw. Ond roedd marw'n opsiwn gwell na gwallgofrwydd. Roedd stori arall am ddyn aeth yn hollol wallgo o gael cnoad gan y corryn creulon hwn.

Caeais y tudalennau ar y we a dechrau teimlo'n benysgafn. Doedd mynd yn agos at gorryn fel hyn ddim yn opsiwn i mi.

Ond roedd un frawddeg yn dal i sgrialu i gorneli fy mhen:

Mae rhai'n dweud bod corynnod yn gallu gwella salwch difrifol mewn pobl ond nid yw hyn wedi ei brofi'n wyddonol.

8

Oedd, roedd gen i ofn corynnod.

Roedd yr 'o' ym mhob enw am gorryn yn edrych fel corryn heb goesau. Fyddai corryn heb goesau ddim yn broblem. Y coesau oedd yn codi'r ofn mwyaf arna i. Ond fyddai coesau heb gorff ddim yn fy nychryn. Y ddau gyda'i gilydd oedd yn frawychus. Y stori gyfan.

Ta beth, roeddwn i ofn corynnod trwy fy nhin. Y tro cyntaf i mi sylweddoli hyn oedd pan ddaeth un mawr allan o nunlle pan oeddwn yn yr atig un tro yn helpu Dad i ddod â'r addurniadau Nadolig i lawr. Rhedodd y corryn allan o fwndel o dinsel, mynd heibio Dad a fi cyn diflannu i gornel yr atig. Wedi hynny, allwn i ddim gafael mewn tinsel heb fenyg. Pan o'n i'n wyth oed dyma fy mrawd yn rhoi pry copyn yn fy ngwallt i. Gan fod gen i wallt trwchus tywyll, gymerodd hi rai munudau i Mam ddod o hyd i'r creadur a'i dynnu oddi yno. Yng nghanol fy sgrechiadau meddai, 'Neith e ddim byd i ti. Mae e dy ofn di'n fwy nag wyt ti ei ofn e.' Ond doedd y geiriau yna o gysur yn werth dim i mi, ac esblygodd fy ofn yn raddol dros y blynyddoedd nes 'mod i'n neidio o weld corryn o unrhyw faint o unrhyw bellter.

Y lle gwaethaf i weld un oedd y bath. Y cefndir gwyn, sgleiniog a glân yn gyferbyniad erchyll â'r creadur tywyll a'r coesau trwchus yn llechu yno'n dawel. Pam? Pam eu bod yn dod i'r tŷ ac yn mynd i'r bath? Sut fydden nhw'n cyrraedd yno? Drwy'r pibau? Drwy'r plwg? Gwasgu eu hunain drwy dyllau bach? Roedd y syniad yn erchyll. A phan fyddwn yn gweld corryn, byddai'n symud yn syth fel petai'n synhwyro fy llygaid yn bwrw golwg arno. Yn synhwyro'r braw sydyn yna. Yn sgrialu i ochr arall y bath. Dringo, yn llawn o'r potensial a'r gallu i redeg i unrhyw gyfeiriad, fel stori arswyd.

Byddai corryn yn y bath yn nhŷ Mam-gu bob tro, am ryw reswm. Roeddwn yn aros yno'n aml ac roedd hi'n gyfarwydd â'r alwad nosweithiol cyn i mi ymolchi: 'Help. Corryn!' A byddai hi yno'n estyn ei llaw mewn i'r bath ac yn erlid y creadur hyll, a hwnnw'n sgrialu fel gwiwer dros yr ochr ac i fyny'r wal. Ond byddai Mam-gu yn llwyddo i gael gafael arno bob tro – yn gafael ynddo â'i dwylo noeth, ei deimlo ar ei bysedd meddal cyn ei daflu drwy'r ffenest. Teimlo'r blew yn cosi. Mae hyn yn dal i yrru ias lawr fy nghefn.

'Fydd e 'nôl fory,' fyddai hi'n dweud.

'Nag y'ch chi ofn nhw?' meddwn i.

'Odw, 'wi'n eu casáu nhw.'

'Sut allwch chi dwtsio'r peth?'

Byddai Mam-gu'n ochneidio. ''Wi 'di claddu gŵr, brodyr, chwiorydd, ffrindiau ac wedi byw trwy ddau ryfel byd. 'Wi 'di dysgu bod sawl math o ofn yn bod. A

’wi ’di dysgu dygymod ag ofn. A ’wi ’di dysgu gweld drwyddo. Ti’n deall beth ’wi’n feddwl?’

‘Na,’ meddwn i.

‘Fel gweld trwy berson cas neu ffals. Neu weld trwy gyrten tenau. Gweld yr haul yr ochr draw. Ddealli di ryw ddydd.’

Roedd gen i ofn gwirioneddol – ofn oedd yn gyrru iasau erchyll i lawr fy nghefn dim ond wrth *feddwl* am gorryn. Petawn i’n synhwyro bod corryn yn agos ataf, byddwn yn chwilio’r lle amdano. Ac roedd y corynnod fel petaen nhw’n gwybod ’mod i’n eu hofni ac yn dod i’r tŷ i chwarae triciau arna i. Ken oedd yn eu dal nhw yn ein tŷ ni. Y drefn bob tro oedd ’mod i’n meddwl i mi weld corryn o gornel fy llygad. Wrth i mi droi a gweld ebychnod du ar y wal lliw hufen, byddai’r sgrech yn dianc o fy nghrombil a Ken yn gwybod ’mod i wedi gweld corryn heb i mi ddweud dim. Gwyddai o oslef y sgrech, yn ôl Ken. Byddai’n nôl gwydr gwag o’r cwpwrdd a darn o gardbord, gosod y gwydr dros y corryn a gwthio’r cardbord dan y gwydr nes fod y corryn yn ochrgamu arno heb sylwi. Yna byddai’n cario’r holl beth at ddrws y gegin. (Defnyddiodd bapur ysgafn un tro a dihangodd y corryn. Roedd hynny’n erchyll.) Byddai’n gosod y corryn yn y gwydr ar y patio. Weithiau byddai’n fy ngalw a fy annog i ddod i weld y corryn, a hwnnw’n edrych yn fwy anferth ac yn fwy du drwy’r gwydr. Yna byddai’n codi’r gwydr ac yn gollwng y corryn yn rhydd. Roeddwn bob amser yn rhyfeddu at anwyldeb a thynerwch fy ngŵr wrth sicrhau bod y corryn wedi dianc yn ddiogel a hapus oddi wrtha i. Doedden ni byth yn lladd corryn.

Mae ofn yn rhywbeth sy'n rhan o'r natur ddynol ac yn rhan o'n hesblygiad ni fel pobl. Mae nifer o astudiaethau wedi darganfod bod rhai ofnau, fel ofni anifeiliaid ac ofn uchder, yn fwy cyffredin nag eraill. Mae'r teimlad hwn o ofn yn mynd yn ôl yn bell iawn yn hanes dynol-ryw, mae'n debyg. Yn ystod y cyfnodau neolithig a phaleolithig, roedd dyn wedi gorfod wynebu ofnau o bob math, gan gynnwys creaduriaid gan eu bod yn cario clefydau heintus a niweidiol. Roedd corynnod, yn draddodiadol, yn gallu bod yn beryglus i ddyn. Dyna egluro pam 'mod i'n reddfol ofnus ohonyn nhw. Dyna fy namcaniaeth i, ta beth.

Onid yw ofn yn deillio o reddf y corff dynol i'w amddiffyn ei hun rhag marw? Rhedeg neu ymladd yw ymateb y corff i berygl, ac mae'r corff yn cyflymu'r gyfradd anadlu a churiad y galon ac yn cyfyngu'r gwythiennau. Mae hyn yn arwain at wrido a chynyddu tensiwn yn y cyhyrau ac yn achosi croen gŵydd a chwysu a chynnydd mewn glwcos yn y gwaed, gan wneud rhywun yn effro, mor effro nes bod ei stumog yn corddi. Y dewis naturiol er mwyn goroesi yw naill ai rhedeg i ffwrdd neu ymladd, a hynny, yn ei dro, yn arwain at deimlad o ofn. Rhyfedd bod corryn yn mynd drwy'r un broses â pherson.

Roeddwn i'n un oedd yn teimlo ofn yn aml achos roeddwn yn gweld corynnod yn aml. Rhai bach, bach, rhai tenau, y rhai canolig sy'n byw yn y sied a'r rhai anferth sy'n ymddangos ar y teledu ar raglenni natur, neu mewn ffilmiau neu lyfrau. Nid y rhai mawr blewog oedd yn codi fwyaf o ofn arna i. Roedd y rheiny fel petaen nhw'n meindio eu busnes – ac roedden nhw *mor* fawr a blewog nes eu bod bron fel teganau meddal ac yn ymylu ar fod yn hardd. Ac roedd hi'n annhebygol iawn i mi ddod ar eu traws yng Nghymru. Y corynnod mwyaf brawychus oedd y rhai canolig oedd yn byw yn y sied, yn dod mewn i'r tŷ yn y gaeaf ac yn llechu yn y bath. Bydden nhw'n ymddangos o flaen eich llygaid yn annisgwyl a sydyn ac roedden nhw mor ddirgel a thywyll â marwolaeth ei hun.

Fisoedd ar ôl y diagnosis doedd dim wedi newid. Ni ddywedai Ken fawr o ddim byd am ei salwch, dim ond canu'r ffidil yn ystod pob eiliad sbâr. Fesul diwrnod, roedd fy ofn yn chwyddo tu mewn i mi, yn union fel y tyfiant yn ei ben yntau. Roedd yn gafael ynof fel gwe cor, yn rhywbeth allwn i ddim ei olchi i ffwrdd na'i sychu gyda chlwtyn a dŵr a sebon, ei lud yn aros arna i am ddyddiau.

Dechreuais i fynd i'r capel eto – ar fy mhen fy hun. Bellach, roedd cysur o dreulio bore Sul mewn oedfa. Roedd egni'n dod oddi wrth y rhesi a rhesi o bobl debyg i'w gilydd. Yr un math o ddillad, yr un math o olwg ar yr wynebau, yr un lleisiau wrth ganu emynau. Yr un pesychiad. Yr un arogl ar bawb. Roedd cysur am yr awr yna o fod yn rhan o rywbeth, o berthyn i rywbeth oedd yn bodoli ers canrifoedd. Ac roedd y gweddïo yn berthnasol i mi eto. Ond roeddwn i yno ar fy mhen fy hun yn y bôn.

Mae'r Beibl yn pwysleisio gwyrthiau Iesu, ond i mi, roedd ofn yn treiddio trwy nifer o'r straeon am Iesu yn y Beibl. Yr ofn mwyaf yn y byd, dybiwn i, oedd ofn Iesu cyn iddo gael ei groeshoelio. Mae'r Beibl yn disgrifio'r broses, wrth gwrs. Duw yn siarad â Iesu. Iesu yn dilyn ei gyfarwyddiadau ac yn mynd trwy'r camau. Ond beth am ofnau Iesu? Mae'r Beibl yn cyffwrdd â hyn, ond does dim disgrifiadau o'r erchylltra oedd siŵr o fod yn mynd trwy ei ben, er ei fod yn gwybod mai ildio i ddymuniad Duw oedd ei dynged. Rhaid bod ofn arno – wrth iddo gyrraedd Jerwsalem ar yr asyn a gweld torf mor ufudd a wedyn yr un dorf yn newid ac yn ei watwar. Y swper olaf. Pedr yn ei wadu. Jiwdas yn ei fradychu. Y dynion yn dod i'w nôl. Yr ofn! Gorfod gwisgo coron o ddrain. Yr ofn. Cerdded gyda chroes ar ei gefn. Edrych i fyny ar y groes. Cael ei roi ar y groes. Ofn marw. Ofn nad oedd Duw yn dweud y gwir. Ofn atgyfodi. Ofn peidio ag atgyfodi. Ofn y wyrth. Mae ffydd Iesu yn rhywbeth rhyfeddol, iasol i mi.

Cywilyddiais. Doedd gweld corryn mewn cornel yn ddim byd o gymharu ag ofn Iesu cyn marw, nag oedd? Nac yn ddim o gymharu ag ofn Ken wrth wynebu canser doedd dim posib ei wella. A hynny heb wyrth.

9

Pwy wnaeth sgwennu *Llyfr Corynnod y Mwmbwls*? Dyma gwestiwn oedd yn fy mhrocio ers i mi ddod o hyd i'r llyfr yn dair ar ddeg oed. Dychmygais i'r llyfr gael ei sgwennu gan ryw hen wraig yn rhywle, rywbryd, oedd wedi bod wrthi'n ymchwilio sut i wella pob salwch ac, yn y pen draw, wedi cael gweledigaeth ac wedi cofnodi'r cwbl. Neu efallai fod angel wedi ymddangos o'i blaen hi, ac wedi dweud wrthi beth i'w wneud a beth i'w sgwennu. Efallai mai angel oedd yr hen wraig. Efallai ei bod hi wedi gwella nifer o bobl. Ond mae'n ddigon posib mai gwrach oedd hi hefyd.

Dwi'n cofio Mam-gu'n sôn ei bod hi'n ddisgynnydd i un o Feddygon Myddfai. Roedd y rheiny'n bendant yn ferched yn ôl ei thystiolaeth hi. Ond pan ofynnais am dystiolaeth, doedd ganddi ddim byd, dim coeden deulu na phrawf DNA, dim ond bod yr wybodaeth wedi ei throsglwyddo o un genhedlaeth i'r llall. Yn ôl straeon Mam-gu, roedd merched oedd yn gwella pobl drwy ffyrdd naturiol yn cael eu hofni yn ogystal â'u gwerthfawrogi. Roedd gwrachod du'n rhai oedd yn melltithio pobl ac anifeiliaid, yn achosi stormydd a salwch yn ôl y sôn. Roedd gwrachod gwyn ar y llaw arall yn gwella pobl ac yn gallu rhagweld y dyfodol. Ond gwrach oedd gwrach i nifer a bydden nhw'n cael eu hofni.

Byddai'r ffin rhwng iachawraig a gwrach yn denau iawn a chafodd sawl merch ei chrogi neu ei boddi am ddefnyddio 'swynion' i wella pobl. Roedd melltithio'n agos iawn at iacháu yn y dyddiau hynny. Rhyfedd o beth! Defnyddio merch i wella anaf neu salwch, ac yna amau'r un ferch o wenwyno neu greu melltith a'i chrogi am ei gwasanaeth! Diolch yn fawr! Efallai'n wir mai merched oedd Meddygon Myddfai ond fod hanes wedi ailysgrifennu eu stori a'u creu'n ddynion. Ai merched cudd oedden nhw yn y dirgel, a dynion yn cymryd y clod? Fyddai dynion ddim wedi cael eu llofruddio am weithredoedd oedd yr un mor sinistr â gweithredoedd y gwrachod. Mae'r syniad o ddewin yn hynod ac yn atyniadol. Myrddin – y dewin a'r proffwyd – gwallgofddyn, ond un uchel ei barch, serch hynny. Ffrind i'r Brenin Arthur. Gwydion, y dewin direidus yn y Mabinogi. Does dim o'r un atgasedd tuag at y dynion hyn. Ond eto, mae Ceridwen yn un i'w hofni, ynghyd ag Arianrhod a'i phwerau hudol, a gwrach Cors Fochno a'i melltith. Ofn, düwch a dirgelwch sydd yn dod i'r meddwl wrth feddwl am y menywod hyn. Direidi a champau a thriciau sy'n cael eu cysylltu â dynion y byd hud a lledrith. Pam fod hyn wedi ei dderbyn ar hyd yr oesoedd?

Teimlwn ryw agosatrwydd at yr awdures a dechreuais ddyfalu pwy allai hi fod. Un o Feddygon Myddfai neu un o'u disgynyddion? A gafodd hi ei lladd? Ei charcharu? Ei chrogi o flaen torf fel gwrach er iddi wneud dim byd, dim ond gwella pobl?

Mae'n wir i Mam-gu ddweud sawl gwaith fod *Llyfr Corynnod y Mwmbwls* yn beryglus a bod potsian gyda swynion yn beryglus. Ond roedd melltithio pobl yn rhywbeth cyffredin yng Nghymru flynyddoedd yn ôl, yn doedd e? Efallai fod rhai'n melltithio hyd heddiw. Dial efallai? Ai dyna beth sy'n achosi anffawd a salwch mewn pobl? Ochneidiais. Dyma ddarllen y swyn am 'Gorynnod Gwatemala' eto:

Yng Ngwatemala ryfedd bell
mae pryfaid lu i'ch gwneud yn well ...
... Cans yno mae'r gwenwyn i ddifa eich poen,
Tynnwch yr hylif a'i daenu ar gwt
Neu'i yfed mewn bowlen o lefrith yn dwt.

Nid yw'n gweithio i bawb, dim ond i rai.
Cewch fwy o amser, neu fe gewch chi lai.

Yna roedd adran hir o ryddiaith oedd yn ymddangos fel cyfarwyddiadau ar sut i ddofi'r corryn arbennig yma cyn ei ddal.

Yn ôl fy ymchwil, roedd corryn y ffidil yn sicr yn byw yng Ngwatemala ac yn debygol iawn o fod yn un o'r coedwigoedd trofannol yno. Ond sut oedd awdur *Llyfr Corynnod y Mwmbwls* yn gwybod hyn? Oedd hi wedi bod yno? Os oedd hi, yna rhaid ei bod hi'n bosibl i mi fynd yno hefyd. Ond allwn i ddim. Sut? Doedd dim modd i mi wneud y fath beth. Nag oedd? Pam lai? Beth oedd yn fy rhwystro? Roedd gan fy ngŵr ganser. Allwn i ddim ei adael e. Ond roedd hyn er ei les e. Pam ddim mynd, felly? Ofn. Ofn oedd yn fy nal yn ôl. Roedd ofn teithio arna i. Ofn mentro'n bell, ofn hedfan, ofn pobl ddieithr. Ofn corynnod. Ofn crwydro oddi ar fy llwybr cul a Chymreig a saff.

Ofn gadael diogelwch y salwch.

Beth a wyddwn i am goedwigoedd trofannol ymhell bell i ffwrdd? Es i ati i ymchwilio. Mae Gwatemala yn Ne America, yn ffinio gyda Belize, Mecsico, El Salvador a Honduras. Sbaeneg yw prif iaith y wlad. A lle o'r enw Tikal yw adfeilion dinas hynafol yng nghanol coedwig drofannol yno. Mae yn ardal archeolegol Petén yng ngogledd Gwatemala ac yn rhan o Barc Cenedlaethol Tikal. Mae'n un o safleoedd archeolegol cyn-Golymbaidd mwyaf gwareiddiedig y Maya. Yn 1979 fe'i dynodwyd yn Safle Treftadaeth y Byd. Ac mae ar agor i'r cyhoedd. Roeddwn, yn raddol fach, yn dechrau dod i arfer â'r syniad o fynd i deithio i'r ardal ddiddorol hon.

Penderfynais mai'r ffordd orau o dorri croen corryn y dyddiau hyn fyddai defnyddio chwistrell. Es i ar YouTube a theipio 'How to use a syringe'. Daeth sawl dewis i fyny. Gwyliais dair ffilm fer yn dangos nyrsys gwahanol yn tynnu gwaed o freichiau a gwyddonydd yn tynnu hylif o ben-glin ceffyl.

Dechreuais deipio 'Where to buy syringes'. Dim ond 'Where to buy' oedd rhaid ei deipio a 'syringe' oedd un o'r dewisiadau ar y brig. Rhaid bod defnydd mawr ohonyn nhw. Daeth nifer o enwau siopau tramor ar y sgrin, ond dim un ym Mhrydain. Ond cefais afael ar wefan oedd yn cludo am ddim i Gymru.

Archebais ddeg pecyn o chwistrelli a deg pecyn o ffiolau bach i fynd gyda nhw – i storio'r gwenwyn. Doedd dim troi'n ôl wedyn.

10

Mae Ken y math o berson sy'n gwisgo'r un lliwiau o hyd. Rhyw lwyd a glas tywyll. Mae hefyd yn berson sy'n casglu dant y llew o'r gwair â'i ddwylo gan nad oes ganddo mo'r galon i brynu chwynladdwr. Y math o berson sy'n mynd yn grac pan fydd gwenynen neu gleren yn gwneud sŵn yn y ffenest ond eto sy'n gwrthod eu lladd nac agor y ffenestri. Bu'n ofalus iawn ohona i o'r eiliad y daethon ni at ein gilydd. 'Paid gyrru i Gaerdydd ar ben dy hunan', 'Paid cerdded drwy'r parc ar ben dy hunan. Dyw hi ddim yn saff i ferch.'

Dwi'n ei gasáu am hyn.

Dwi'n ei garu am hyn hefyd.

Rydyn ni'n gwneud popeth gyda'n gilydd ond hefyd fel dau deigr dieithr mewn cawell ar brydiau. Mae'n bleser cwyno a dadlau – dadlau i fyw a byw i ddadlau. Byddwn ni'n dweud popeth wrth ein gilydd hefyd. Dwi ddim yn gwybod a yw hynny'n arwydd o unrhyw beth, ond rydyn ni'n gwybod yn syth os yw'r naill neu'r llall yn anhapus heb i'r un ohonom yngan gair. Rydyn ni'n gwybod pa fotwm i'w wasgu i godi gwrychyn mewn eiliad, ond rydym hefyd yn gallu treulio amser hir gyda'n gilydd yn gwneud dim, dim ond dal paned o de ac edrych ar y gwair tu allan i'r ffenest. Does dim angen geiriau. Rydym yn cysgu a chodi gyda'n gilydd. Yn gwylio pethau erchyll ar Netflix, gan dristáu dros flinderau pobl eraill, Ken ar ei fol ar y llawr fel ci a minnau ar y soffa mewn pyjamas. Dwi'n cysgu mewn hwdi a sanau a menyg. Dwi'n mynd am ddyddiau weithiau yn yfed dŵr poeth a bwyta afalau yn unig. Mae Ken yn derbyn hyn. A minnau'n derbyn ei ddeiet yntau o fetys a chig moch a chaws ddydd ar ôl dydd.

Roedd dweud wrth Ken 'mod i am fynd i Gwatemala i'r jyngl i ddal corryn a defnyddio chwistrell i dynnu'r gwenwyn allan ohono a'i roi mewn potel a dod 'nôl adre a rhoi'r gwenwyn i Ken er mwyn creu gwyrth a'i wella o'r canser ofnadwy yma ... yn hawdd. Derbyniodd Ken yr wybodaeth fel petawn wedi dweud wrtho 'mod i'n mynd i'r siop i nôl torth.

'O ble gest ti'r syniad hyn?' gofynnodd gan wenu. 'Gan ddoctor?'

'Hen lyfr.'

Eglurais bopeth wrtho am *Lyfr Corynnod y Mwmbwls*, un cam ar y tro, yn betrusgar, fel petawn yn dweud wrtho 'mod i'n alcoholig ar y slei ers blynyddoedd. Eglurais am y swyn, am fy ymchwil am gorynnod Gwatemala. Amneidiodd ac estyn am y ffidil a thynnu'n ysgafn ar y llinynnau. Dyna'i arferiad bellach pan oedd e'n pendroni dros rywbeth.

Ymhen ychydig holodd, 'Ti'n credu hwnna i gyd?' Nodiais, gan ddisgwyl iddo fy ngalw'n wallgo. 'Alli di ddim mynd ar dy ben dy hun.'

‘Alli di ddim dod. Gormod o risg.’

‘Ti ddim wir o ddifri?’

Amneidiais.

‘Does dim angen i ti wneud peth mor eithafol.’

Edrychais i fyw ei lygaid. ‘Mae hi werth trio unrhyw beth.’

‘Merch ar ei phen ei hun mewn jyngl! Beth nesa?’

Ond roedd yn gwybod ’mod i wedi gwneud fy mhenderfyniad.

Estynnodd am y bwa eto a chwarae thema *Schindler’s List*. Gwrandewais ar sain wylofain y ffidil.

‘O, Iesu mawr, Ken! Mae hi fel diwedd y byd!’

Does gen i ddim rhyw lawer i’w ddweud wrth gerddoriaeth. Geiriau yw fy mheth i, ond roedd yr alaw yma’n torri ’nghalon i. Cyffyrddais yn ei law yn dyner, ond parhau i wneud i’r ffidil wylo’n dawel wnaeth Ken. Roeddwn eisiau iddo fod yn grac. Eisiau ymateb i fy syniad gwallgo a chreulon o fynd mor bell. Eisiau iddo daflu cyhuddiadau cas ata i fel ’mod i’n gallu gweiddi ’nôl, *Dyna’r diolch dwi’n gael am beryglu fy mywyd er mwyn dy wella di! Dwi’n chwilio am wyrth i ti! I ti! Achos ’mod i’n dy garu ac yn dy gasáu di!* Roeddwn i am i’r holl beth droi’n ffrae fawr fel ’mod i’n gallu ffrwydro fy ffordd i Gwatemala mewn tymer a sbeit.

Ond ni ddywedodd Ken air arall ac ni ddywedais innau air chwaith.

Drannoeth, aethon ni i’r caffi bach Sbaenaidd ar gornel ein stryd ni. Roedd y caffi’n boeth ac arogl coffi llaethog melys yn staen ar bob bwrdd. Roedd Elle, y ferch oedd bia'r caffi, yn esgus ei bod hi'n Sbaenes gan fod ganddi wallt tywyll, trwchus a chroen oedd wedi bod dan y gwely haul. Go iawn, roedd hi'n dod o Sgiwen a'r unig Sbaeneg roedd hi'n ei siarad oedd *Hola* a *Gracias*. Roedd hi'n siarad am gwrw a gwin o Sbaen o hyd, ond yn dweud Rioja gan ynganu'r 'j' ac Estrella gan ynganu'r 'll'. Byddwn yn aml yn chwerthin i mi fy hun gan 'mod i'n gymharol rugl yn yr iaith ar ôl dilyn dosbarth nos am flynyddoedd. Un annwyl yw Elle, bob amser yn gwenu'n ddel ac yn troi ei chorff wrth weini fel dawnswraig Flamenco. Roedd hyn yn rhoi oriau o ddifyrrwch i'r rhai oedd yn mynd i'r caffi, yn enwedig hen ddynion unig oedd wrth eu boddau'n fflyrtio gyda hi. Doedd neb yn gwneud niwed i unrhyw un. Mae mwy i gaffi na choffi, er bod y coffi yn gryf ac yn dda.

'Problem un,' meddwn i wrtho, 'dwi ddim yn gwybod sut i ddod o hyd i'r corryn. Ydyn nhw'n hongian yn gyfleus oddi ar y coed yn y jyngl?'

Roedd Ken yn sgrolio trwy dudalennau lliwgar ei iPad. Ymhen munud neu ddau, ar ôl llowcio gweddillion ei goffi, meddai, 'Falle bydd dim rhaid i ti fynd i'r jyngl. Mae amgueddfa gorynnod yn Flores. Dyw Flores ddim yn bell o jyngl Tikal.'

'Waw!'

'Dyw e ddim yn bell o gwbl, yn ôl hwn.'

'Ffawd!' meddwn i.

'Rhyw ddyn ddechreuodd yr amgueddfa am ei fod yn *obsessed* â chorynnod.'

'Ych,' meddwn, gan dynnu wyneb.

'Mae corynnod o bob math yno. Dybiwn i fod y ffidlwr yno.'

'Pwy fyddai eisiau mynd i'r fath le?'

'Rhywun sydd am ddwyn corryn.'

'Dyna'r ail broblem. Sut ydw i'n mynd i ddwyn corryn? Sut ydw i'n mynd i ddal corryn?'

Synfyfyriodd Ken am eiliad, cyn troi i edrych i fyw fy llygaid, yn dechrau cyffroi gyda'r syniad gwallgo. 'Mae gen i gyfarpar plastig alli di gael i afael yn y corryn heb gyffwrdd ag e. Rhyw declyn i bobl sydd ag ofn. Brynais i fe i ti rhyw Ddolig ac anghofio ei roi e i ti.'

'Problem tri. Fel ti'n gwybod, dwi'n ofni corynnod.'

Gwenodd Ken.

'Dy broblem di yw honno. Mae corynnod yn neis.'

'Mae corynnod yn erchyll!'

'Ddim os ydyn nhw'n gallu achub bywyd.' Gwenodd Ken eto wrth feddwl am rywbeth. 'O'n i'n arfer dal corynnod bach, eu cadw'n ofalus mewn bocsys bach clyd llawn dail a gwyrddni, a'u bwydo gyda chlêr marw. Roedd lot o glêr marw ar silffoedd ffenestri stafelloedd hen bobl yn y stryd. Stafelloedd cefn oedd ddim yn cael eu defnyddio. Stafelloedd lle'r oedd heuliau sawl haf wedi melynu'r carpedi patrymog a sychu'r cyrtens net. Yn y stafelloedd hynny o'n i'n dal degau o glêr oedd wedi rhoi'r gorau i'w hymdrechion i gyrraedd yr awyr. Y broblem oedd, doedden nhw ddim yn bwyta'r rhai marw. Dim ond rhai byw oedden nhw eisiau. Roedd y corynnod druan yn llwgu. Ond fe lwyddes i ddal clêr byw drwy roi rhwydi bach yn yr ardd a golau ynddyn nhw yn y nos. Erbyn y bore, byddai'r rhwydi'n llawn.'

'Oeddet ti'n cadw corynnod fel anifeiliaid anwes?!' meddwn i, yn methu dychmygu unrhyw beth gwaeth.

'O'n i'n dal mwydod a lindys hefyd, yn eu cadw ac aros iddyn nhw droi'n bilipalas.'

Gwelais o fy mlaen y Ken bach yn Abertawe yn casglu pethau mewn cuddfan yn y coed ar waelod ei ardd, yn dal lindys a'u cadw nes eu bod yn bilipalas, ac yntau'n rhyfeddu o'u gweld yn hedfan i fyny, yn rhydd.

Rhan Dau

11

Roedd Flores yn dref fach dawel a llychlyd ar lannau Llyn Petén. Lle i dwristiaid gyda llond stryd o westai lliwgar a thai hardd gyda thoeau sinc coch, a strydoedd cul a choblog yn gorwedd yn y gwres. Roedd y tai wedi eu peintio flynyddoedd yn ôl mewn lliwiau eisin, ond roedd ôl haul a mwg wedi eu heneiddio bellach. Roedd arogl pridd sych a morgrug yn yr aer yn gymysg ag arogl corn melys a thortilas a tsili yn cael eu ffrio ar stondin ar ryw stryd arall gyfagos. Roeddwn wedi pasio nifer o stondinau tebyg ar y ffordd o'r maes awyr. Roedd yr arogl mwg hwn yn unigryw a doeddwn erioed wedi arogli unrhyw beth tebyg. Doedd dim adar na phryfaid i'w clywed na'u gweld. Doedd dim llawer o wyrddni chwaith, dim ond bocs pren coch ar silff ffenest un tŷ bach ac ynddo fegonias pinc a'u pennau wedi plygu yn yr haul.

Cerddwn fel malwoden, gyda rycsac trwm ac anferth ar fy nghefn, yn chwyslyd a blinedig tuag at sgwâr y dref yn chwilio am y gwesty. Roedd ofn arna i wrth i mi edrych o 'nghwmpas yn betrusgar. Darllenais wrth wneud fy ymchwil cyn dod yma am ferched yn teithio ar eu pennau eu hunain i wledydd Canolbarth a De America ac yn dod yn darged i ddynion. Roedd diwylliant gwahanol y gwledydd hyn yn golygu bod pobl yn gweld merch yn teithio ar ei phen ei hun fel rhywun oedd yn chwilio am ŵr. Byddai'n rhaid i mi fod yn wyliadwrus o ddynion dieithr. Syllais ar y fodrwy briodas yn dynn am fy mys.

Yng nghanol y sgwâr roedd eglwys binc golau a ffriliau gwyn o amgylch y tyrau niferus oedd yn fy atgoffa o dreiffl neu gacen ben-blwydd. Ar un o risiau'r eglwys roedd dyn ag un goes mewn cadachau yn dal llaw denau allan, ac yn eistedd o'i flaen roedd ci teneuach fyth a'i dafod yn hongian o'i geg. Yn fy wynebu, roedd siop fach gydag un bwrdd crwn, gwyn o'i blaen â Coca-Cola wedi ei sgwennu ar y bwrdd, y cadeiriau a'r ymbarél. Roedd arwydd Coca-Cola hefyd uwchben y drws. A minnau â syched ofnadwy ar ôl y daith, es i mewn a gweld cownter ac oergell yn llawn o'r diodydd. Doedd dim byd arall i'w weld ar werth yno. Gwenodd y ddynes fach â gwallt hir du wedi ei glymu'n gynffon tu ôl i'w phen a chwythu cusan ata i pan adewais gildwrn. Llowciais y Coca-Cola oer yn ddiolchgar yn y gwres llethol ac es i yn fy mlaen at y gwesty oedd rownd y gornel o'r sgwâr, yn ôl y map ar fy ffôn.

Dyma gyrraedd stryd lawn llwch a beiciau modur mewn rhesi ar hyd y palmant. Edrychai'r gwesty'n debyg i sied fach wen gyda tho sinc a ffenestri tu ôl i gaeadau pren wedi eu farneisio. Gorweddai madfall fach werdd ar silff un o'r ffenestri ac roedd cath wen denau'n cysgu ar drothwy'r drws blaen, y naill wedi hen arfer â chwmni'r llall. Roedd rhyw deimlad cyfarwydd yno. Fel petawn i wedi camu 'nôl i gyfnod fy mhlentyndod pan arferwn orweddian ar hyd y lle gyda phlant y stryd yn ystod hafau poeth a dim byd arall i'w wneud. Roedd y diflastod bryd hynny mor llethol â'r gwres. Petaen ni ond yn gwybod nad diflastod oedd yn ein calonnau mewn gwirionedd, ond hapusrwydd tawel.

Yn sydyn daeth bws bach o rywle, a saethu i 'nghyfeiriad i, fel petai'r gyrrwr wedi colli pob rheolaeth. Gwibiodd heibio ar gyflymdra y byddwn i wedi ei wneud ar y draffordd gan daflu cawod o lwch drosta i. Gwenu'n hamddenol wnaeth y gyrrwr yn ei het binc wrth fy ngweld yn neidio i'r ochr mewn braw. Chododd y gath na'r fadfall mo'u pennau.

Cerddais drwy ddrysau'r hen westy oedd wedi gweld ei ddyddiau gorau a gweld pwll dŵr sgwâr eithaf mawr yng nghanol y cyntedd. Wrth ei ymyl roedd cerflun o fachgen yn piso rhyw ddeigryn o ddŵr i'r pwll. Doeddwn i ddim yn siŵr ai pwll nofio oedd e neu ddim ond addurn i bobl edrych arno. Byddai wedi bod yn braf, yr eiliad honno, cael neidio i'r dŵr.

Roedd merch ifanc â gwallt hir brown cyrliog yn y dderbynfa'n symud radio 'nôl ac ymlaen ac i fyny a lawr er mwyn ceisio cael signal gwell i'r gerddoriaeth Saesneg roedd hi'n ei mwynhau. Plygodd hi'r eriel a daeth llais Rod Stewart o berfeddion y radio oedd wedi cleisio'n arw dros ddegawdau o ddefnydd.

'Hola,' dywedais.

'I speak English. I am from Belize. I am Maria.'

Gwenais gan deimlo siom 'mod i ddim yn cael siarad Sbaeneg, a mwy o siom fod Maria wedi cymryd yn ganiataol mai Saesnes oeddwn i. Parablodd yn ddi-baid wrth gymryd fy mhasbort a chwilio am allwedd fy stafell. Roedd hi'n casáu Belize ers iddi fynd yn wlad annibynnol ond roedd hi'n ddigon hapus ei byd. Roedd hi'n hymian canu gyda'r radio cryg.

'I come to Guatemala to find a man ... all men in Belize want foreign women. And all the women come to Belize for a man, they love it. Before they know it, they walk around and say 'hey man'. They like Belize because Belize only want to hear the good stuff. They want to marry a Belize guy. One of them married my man.' Gwenais yn glên a cheisio cyflymu'r broses er mwyn dianc o wres llethol y cyntedd. Roedd y pwll dŵr mor apelgar a minnau'n chwys domen.

Doeddwn i ddim wedi ystyried pa mor eithriadol o boeth fyddai hi yma. Er i mi wneud fy ngwaith ymchwil yn hollol drylwyr, doedd gweld tymheredd ar bapur ddim yn agos at fod yn debyg i'r profiad o fod yn ei ganol. Dyma oedd y tro cynta i mi fod tu allan i Ewrop ac roedd hwn yn wres gwahanol iawn i'r gwres yng ngwledydd poethaf Ewrop. Gallwn ei arogli'n ogystal â'i deimlo. Roedd yr haul yn fwy creulon yma rhywsut, yn rheoli popeth, hyd yn oed yn y nos. Doedd hi byth yn oeri yma, felly doedd byth damprwydd ac arogleuon hydrefol. Byth arogl gwair gwyrdd. Byth arogl eira neu iâ yn dadmer nac arogl dail yn pydru. Does dim tymhorau yn y rhan yma o'r byd. Dim tymhorau, dim teimladau, felly? Dim tywyllwch na diflastod? Dim deffro yn y gwanwyn? Maen nhw'n cael glaw ond rhyw boerad o law cynnes, a hwnnw'n anweddu'r eiliad mae'n cyffwrdd y llawr.

Dyma Maria yn fy arwain i fy stafell dan ganu, 'I don't wanna, talk about it, how you broke my heart.' Roedd plastr yn syrthio oddi ar waliau mewnol y gwesty ac roedd y lle'n gweiddi am gôt o baent. Tybiwn iddo fod yn lle go grand unwaith, a barnu yn ôl y pwll dŵr yn y cyntedd, ond bellach roedd fel petai'r byd wedi ei adael ar ôl. Eto, roedd rhywbeth braf am ei symlrwydd a'i wedd hynafol. Roedd popeth roeddwn ei angen yn fy stafell, a phopeth yn ymddangos yn lân iawn. Gwely gydag un garthen wen, tywel gwyn a chwpwrdd pren bach gyda thri drôr ynddo. Wedi gosod fy nillad yn yr hen ddroriau pren, neidiais i ddŵr oer y gawod gan ochneidio mewn rhyddhad.

Gwisgais fy ffrog fwyaf ysgafn a syllais ar fy narlun gwantan yn y drych. Roedd fy nghroen yn wyn ar ôl y daith a'r diffyg haul yng Nghymru, fy mysedd wedi chwyddo nes bod y fodrwy briodas yn gwasgu a bysedd fy nhraed fel sosejys yn fy sandalau haf. Roedd fy ngwallt yn glynu at fy mhen ac arogl fy ngwely-'nôl-adref arno o hyd er i mi ei olchi.

Ymlwybrais yn ôl i'r sgwâr yng nghanol y dref gan eistedd o dan yr ymbarél y tu allan i'r caffi Coca-Cola, yn gwylio a gwrando, yn ceisio cyfarwyddo â'r dieithrwch newydd oedd yn fy amgylchynu. Roedd hen fenywod mewn ffrogiau di-siâp yn eistedd tu allan i'w tai yn gwylio'r haul yn machlud a'r byd yn mynd heibio. Ym mhen pella'r stryd ymddangosodd criw o fechgyn yn llusgo teledu pren ar olwynion allan i'r palmant. Daeth mwy o fechgyn i ymuno â nhw pan welson nhw fod bocsio ymlaen. Roedd hi'n amlwg nad oedd teledu ym mhob tŷ. Cywilyddiais o gofio bod nifer o dai ein ffrindiau adre yn llawn setiau teledu, un ym mhob stafell gan rai pobl. Roeddwn i yma ers dim ond awr neu ddwy ac wedi gweld yn barod fod bywyd a gwerthoedd y bobl yma yng Ngwatemala'n wahanol iawn i'n rhai ni.

Wrth fynd mewn i'r caffi ac i'r tŷ bach, sylwais ar fadfall arall, drachwantus yr olwg yn llyncu clêr bach gyda'i thafod. Roedd cerddoriaeth Sbaeneg sionc yn chwarae ar hen, hen jiwcbocs yn y gornel a hen ddyn yn eistedd yn darllen papur ac yfed coffi cryf iawn yr olwg.

'Hola,' meddai. 'Estas Cubana?' Gwenais. 'Soy Galesa,' atebais.

'A. Muy bien. Ryan Giggs, Princess Diana, Gareth Bale.' Yn y drefn yna.

12

Roedd amgueddfa'r corynnod, Museo de Arañas, yn fach ac yn edrych fel un o'r tai teras bach yn Flores. Yr arwydd pren tu allan oedd yr unig beth oedd yn nodi bodolaeth y lle, a byddai'n hawdd iawn ei phasio heb wybod ei bod hi yno. Roedd hi'n rhyfeddol i Ken ddod o hyd iddi wrth iddo chwilota am bob math o bethau ar y we.

Ymhlith yr holl ymchwil wnaeth Ken er mwyn fy helpu, soniodd am ryw ffotograffydd o'r enw Javier Aznar Gonzáles. 'Welais i lun ganddo yn y *National Geographic*,' meddai cyn egluro, 'Mae'n ffotograffydd natur arbennig o dda. Mae'n rhoi cymeriad i bryfaid a chorynnod.' Wel, a dweud y gwir, dyw e ddim yn *rhoi* cymeriad iddyn nhw; yn hytrach, mae'n dangos eu cymeriad nhw drwy dynnu eu lluniau. Mae eu cymeriad nhw yno'n barod, ond mae ganddo'r ddawn i dynnu'r llun ar ei gamera ar yr union eiliad iawn ac o'r ongl iawn er mwyn dal rhyw fath o bersonoliaeth sy'n perthyn i'r creadur neu stori, hyd yn oed. Dangosodd lun o darantiwla o Sbaen i mi ar ei ffôn. Llun oedd wedi ei dynnu gan y Javier Gonzáles yma. Yn wir, roedd gan y corryn blewog ac anferth yma wyneb. A dweud y gwir, roedd fel petai'n gwenu. Er i mi neidio wrth weld corryn mor fawr ac mor agos, roeddwn bron â theimlo 'mod i'n ei nabod.

Wnes i erioed yn fy neugain o flynyddoedd feddwl y byddwn i, Muriel, y ferch sydd ofn corynnod trwy ei thin, yn sefyll yng nghanol heulwen danbaid Flores yng Ngwatemala ar fin curo ar ddrws amgueddfa'n llawn corynnod. Llyncais fy mhoer a theimlais guriad fy nghalon yn cyflymu wrth feddwl am weld cannoedd o gorynnod a'u coesau main yn cropian yn slei o amgylch yr amgueddfa. Beth yn y byd ddaeth dros fy mhen? Roedd llun corryn yn gwneud i mi neidio. Sut fyddwn i'n ymateb o weld adeilad yn llawn ohonyn nhw? Ond doedd dim troi yn ôl nawr. Byddai'n rhaid i mi ymdrechu a cheisio fy ngorau, er mwyn Ken.

Curais ar ddrws yr amgueddfa.

Roeddwn yn gwisgo het haul ac yn gafael mewn potel ddŵr oedd wedi cynhesu yn fy nwylo. Roedd bocs bach yn fy rycsac gydag offer dal corryn ynddo a'r teclyn plastig gan Ken hefyd yn saff – yr un oedd yn gallu cau am ben y corryn a'i godi heb ei frifo. Roedd y broses yn mynd i fod yn un syml. Roeddwn i'n mynd i ofyn i'r perchennog/swyddog/gweithiwr/corynnwr ddangos corryn y ffidil i mi. Byddwn yn fflyrtio gydag e a gwneud iddo ymlacio digon nes ei fod yn agor un o'r cewyll. Yna byddwn yn gofyn iddo nôl rhywbeth ... a thra ei fod allan o'r golwg byddwn i'n cipio'r corryn o dan ei drwyn.

Agorodd y drws. Yno o'm blaen roedd dyn tal oedd ddim yn edrych yn Sbaenaidd nac yn Dde Americanaidd o gwbl. Roedd y darlun a ffurfiais yn fy mhen o ddyn yr amgueddfa yn gwbl wahanol i hwn. Roedd gan hwn wallt melyn a chroen golau iawn.

'Manuel Rodriguez,' meddai mewn llais ac acen Sbaenaidd ddofn ac ysgwyd fy llaw. Plygodd ata i a rhoi cusan ar fy moch. Rhewais. Doeddwn i ddim yn adnabod y dyn yma ond yn amlwg roedd yn fy ngweld i fel rhywun roedd e'n gyfforddus iawn yn ei chwmni, a doeddwn i ddim hyd yn oed wedi dechrau ar y fflyrtio ffug eto. Eglurodd fod y tŷ fel tardis a'i fod yn ymestyn yn ôl ac yn ôl. Roedd tri llawr hefyd.

'Muriel,' meddwn i.

'Cuántos años tienes?' gofynnodd. *Faint yw dy oed di?* Bu bron i mi edrych yn flin arno am fod mor hy nes i mi gofio ei fod yn draddodiad yn y rhan hon o'r byd i ofyn i bobl beth yw eu hoedran. Dyw e ddim yn cael ei ystyried yn haerllug.

'Cuarenta años,' atebais.

'Muy guapa!' meddai gan wincio. Gwenais. Roedd y fflyrtio wedi dechrau.

'Es tranquilo aquí. Cuidado,' meddai.

Mewn â fi felly, a throedio'r lloriau pren glân yn ysgafndroed a gwichlyd yn fy mhymps wrth chwilio am fy nghorryn bach i. Y ffidlwr.

Wrth fynd i mewn fe'm trawyd gan yr arogl sych, sych, fel arogl llyfrgell. Ar y waliau roedd lluniau o gorynnod a diagramau yn labelu pob rhan o'u cyrff nhw. Yna roedd stafell gyfan gyda sgriniau yn dangos ffilmiau gwahanol am gorynnod. Gwingais mewn ofn. Ffiaidd.

'You no like them? Why you here?' Synhwyrodd Manuel fy ofn a dangosais lun o gorryn y ffidil iddo ar fy ffôn. Gwnaeth ystum i mi barhau. Roedd yn ysgafn ei gerddediad ac yn symud fel rhyw bilipala. A minnau wedi ei ddychmygu'n ymdebygu i gorryn â'i gerddediad yn afreolus a sydyn. Ymlaen i'r stafell nesaf. Rhagor o luniau. Corynnod o Dde America gyfan wedi eu gosod yn eu cynefinoedd gyda hanes y lleoedd a'r dirwedd a'r amgylchedd.

'Ble mae'r corynnod go iawn?' meddwn i yn ddiamynedd yn fy Sbaeneg bratiog.

'Fan hyn,' meddai Manuel yn llawen. Fe'm tywysodd i stafell dywyll iawn gydag ambell i olau sbot yn canolbwyntio ar y cypyrddau gwydr. Cyflymodd fy nghalon wrth i mi agosáu at ffau'r llewod. Neu ffau'r corynnod. Cymerais anadl ddofn ...

A dyna lle'r oedden nhw. Y corynnod. Ond roedd rhywbeth o'i le. Roedd tawelwch y lle yn rhyfedd. Wrth i fy llygaid gyfarwyddo â'r hanner tywyllwch, syllais o fy amgylch a gweld rhesi a rhesi o gorynnod o bob maint.

Corynnod marw.

Corynnod sych â phìn trwy eu boliau, yn sownd i gerdyn a label wrth ochr pob un. Pob un tu ôl i wydr. Pob un mor farw â'r llall. Ocheneidiais. Deallodd Manuel fy ochenaid fel un lawn cyffro a herciodd tuag at un o'r cypyrddau gwydr.

'Esto es un sicariidae. Araña Fiddleback.'

Cerddais yn siomedig at y corryn roeddwn wedi ei chwennych ers cymaint o amser. Roedd ei weld yn farw yn erchyll er gwaethaf fy *arachnophobia*.

Gofynnais i Manuel a oedd e'n digwydd bod gyda chorynnod byw. Ysgydwodd ei ben a dweud mai peth creulon fyddai hynny. Yn y jyngl oedd lle'r rheiny.

13

Y noson honno, wrth orwedd yn y gwely, roeddwn i'n methu peidio â meddwl am y corynnod yn yr amgueddfa. Roedden nhw wedi byw i farw. Ond roedd biliynau ar filiynau o bryfaid a chorynnod yn byw a marw bob dydd. Cael eu sathru, eu bwyta fel rhan o'r gadwyn fwyd, eu tynnu'n ddarnau, eu boddi gan law, eu sychu gan wres. Pam oeddwn i'n teimlo'n drist am y rhain? Ai oherwydd i mi weld moment eu marw a honno wedi'i dal a'i chadw yn yr unfan am byth? Fel enghraifft o'u rhywogaeth yno yn barhaus, fel petaen nhw erioed wedi byw?

Pan oeddwn i'n chwech oed, dyma fi'n sylweddoli bod pawb yn marw. Adeiladais wal yn fy mhen. Wal y gwyddwn y byddwn yn ei tharo. Rhywbryd. Wal hefyd fyddai'n cau marwolaeth allan am na allwn ei amgyffred. Doedd y ffaith ei fod yn mynd i ddigwydd i bawb ddim yn helpu'r achos. Y ffaith ein bod ni i gyd yn yr un cwch? Na, roedd hynny'n fwy brawychus fyth. Pawb ar yr un lefel. Neb yn gallu dianc. Neb yn gallu achub neb. Cawn ein swyno gan ffilmiau i feddwl fod y broses o farw ynddi ei hun yn beth syml. Neu efallai ein bod ni'n twyllo ein hunain. Roedd gen i ddarlun o'r un broses yn cael ei dilyn ar ddiwedd oes pob un. Roedd gen i fersiwn wedi ei symleiddio o *Little Women* â lluniau ynddo. Darluniwyd marwolaeth Beth mor hyfryd wrth iddi orwedd â'i phen ar obennydd gwyn a'i gwallt hir yn donnau o'i chwmpas yn bert, a llaw rhywun yn anwesu ei thalcen nes iddi syrthio i'w thrwmgwsg olaf. Roeddwn yn dychmygu mai fel hyn roedd pawb yn marw. Ar yr adeg iawn, yn y gwely iawn, gyda'r bobl iawn.

Eto, nid marwolaeth oedd y bwgan, ond peidio â bod. Allwn i ddim dychmygu peidio â bod. Ond a oedd byw am byth yn opsiwn gwell? Doedd dim opsiynau o gwbl, i fod yn onest. Byw a marw. Roedd y ddau'r un peth. Erchyll.

Am y rheswm yna, allwn i fyth feddwl cael plant a'u rhoi trwy'r boen meddwl o wynebu marwolaeth. Does dim llawer yn rhannu'r un meddylfryd â mi, mi wn i hynny. Rhaid i mi gyfaddef na wnes i erioed deimlo'r ysfa i gario plentyn y tu mewn i mi. Er 'mod i wedi cael perthynas dda gyda fy mam ac un hyd yn oed yn well gyda fy mam-gu, doeddwn i ddim yn teimlo'r awydd i wneud yr un fath â nhw. Roeddwn am flynyddoedd yn teimlo 'mod i ddim wir wedi troi'n oedolyn. Eto, pryd mae pobl *yn* teimlo eu bod nhw'n oedolion? Ydy bod yn oedolyn yn deimlad neu'n gyfrifoldeb? Roedd Ken yn dweud yn chwareus wrthyf yn aml 'mod i'n gweld y byd fel merch fach, yn rhyfeddu at natur a theimladau mewn ffordd eithafol. Sut, felly, y gallwn i fod yn rhiant i blentyn? Wnaeth salwch Ken gadarnhau i mi 'mod i wedi gwneud y penderfyniad cywir wrth beidio cael plant.

Diolch byth fod 'na neb yn dibynnu arnon ni, na neb fyddai'n cael ei frifo'n ofnadwy gan ein marwolaeth ni. Fedrwn i ddim gosod poen fel yna ar unrhyw un. Y boen o ddioddef, y boen o orfeddwl, y boen o garu.

Dywedodd fy mam mai rhoi genedigaeth oedd y peth tebycaf i farw. Roedd y llyfrau i gyd yn disgrifio'r broses yn un syml a allai fod yn hir ond a oedd yn dilyn trefn benodol. Doedd ei phrofiad hi'n ddim byd tebyg i hynny. Roedd y diffyg amgyffrediad ac uniaethu â rhywbeth hollol naturiol ac oesol yn frawychus iddi. Roedd y boen yn gyntefig o amrwd. Y corff benywaidd yn rhy fach i gorff plentyn wasgu ei ffordd allan ohono. Meddyliodd hi, mae'n debyg, am fy hynafiaid yn marw o boen heb ddim byd i'w lleddfu. Marw'n sgrechian, marw'n caru a chasáu'r baban ar yr un pryd. Sylweddolodd mor agos yw geni a marw.

Bu farw ffrind i mi mewn ysbyty. Doedd y broses yna ddim wedi dilyn y drefn fach neis oedd gen i yn fy mhen chwaith. Anghofiodd sut i fwyta a'r nyrsys yn rhy brysur i eistedd gyda hi i'w bwydo. Roedd hi'n cerdded yn y nos a chysgu yn y dydd. Roedd hi'n siarad dwli. Roedd hi'n nabod pawb a nabod neb. Roedd hi'n unig. Bu farw gyda phawb o'i chwmpas, ond doedd hi ddim yn ei nabod ei hunan heb sôn am neb arall.

Doedd Ken ddim yn gallu derbyn ei salwch. Doedd e ddim yn gallu derbyn marwolaeth. Doedd e ddim yn gallu amgyffred peidio â bod, a dyna pam wnaeth e barhau â'i fywyd fel petai dim byd yn bod. Yn creu caneuon fel mae'r wybren yn creu cymylau. Caneuon fyddai'n bodoli am byth. Recordio'i lais fel ei fod yn bodoli am byth. Fel petai'n ofni syrthio i'r tawelwch rhwng y nodau.

14

Drannoeth, curais ar ddrws yr amgueddfa eto a'r bar metel yn chwysu yn fy nwylo. Ar ôl rhyw bum munud atebodd Manuel Rodriguez gyda chadach yn ei law.

'Hola,' meddai gyda gwên, fel petai wedi bod yn fy nisgwyl. Roedd e wrthi'n rhoi sglein ar y cypyrddau gwydr. Yn fy Sbaeneg carbwl dyma fi'n trio cynnal sgwrs ag e eto.

'Pam fod 'na neb byth yma?'

Cododd ei ysgwyddau. 'No sé.'

'Mae llawer o bobl yn ymweld ag amgueddfeydd 'nôl yng Nghymru.'

'Mae pobl wedi bod yma unwaith a heb ddod eto, siŵr o fod. Pawb wedi bod. Pawb wedi gweld y corynnod.'

Efallai y dylwn fod yn nerfus ar fy mhen fy hun gyda dyn dieithr a llwyth o gorynnod ond yn rhyfeddol, doeddwn i ddim. Gwenais gan ei ddilyn wrth iddo ddystio'r pren oedd o gwmpas gwydr y cypyrddau. Roedd yn rhoi sylw manwl i bob pant a hollt.

'Dwi angen corryn,' meddwn, yn uniongyrchol.

Oedodd Manuel ac ysgwyd y dwster. Siaradai'n gyflym ac roeddwn yn synnu 'mod i'n gallu deall ei Sbaeneg oedd yn gweu o'i geg fel gwe.

'Alla i ddim agor y drysau gwydr. Maen nhw wedi'u cloi a dwi ddim yn gwybod ble mae'r allweddi. A ta beth, allwn i ddim cyflawni'r fath sarhad. Byddai fel agor arch.'

'Dwi angen corryn *byw*.'

'Chwilia yn y corneli. Falle y cei di hyd i un bach. Maen nhw ym mhobman. Cuddio rhag y gwres.'

'Corryn y ffidil?'

'Dwi wedi dweud unwaith taw yn y jyngl mae'r rheiny.'

Cymerais anadl ddofn.

'Dwi eisiau gwybod sut a ble wnest ti ddal y rhain i gyd. Achos dwi angen dal un hefyd.'

Syllodd Manuel arna i heb ddweud gair. Syllais innau yn ôl. Roedd ofn arna i nawr. Roeddwn i'n methu credu 'mod i wedi ynganu'r fath frawddeg. Ond doeddwn i ddim am droi 'nôl. Os oedd cyfle i ddal corryn, roeddwn am fynd amdani.

Gwnaeth Manuel ystum i fy annog i'w ddilyn. Aeth ar hyd y coridor tywyll oedd yn arogli fel rhyw stwff glanhau dieithr. Roedd y llawr yn sgleinio a gallwn glywed fy mhymps yn gwichian fel petaen nhw'n chwerthin arna i wrth i mi gerdded. Fe'i dilynais i mewn i swyddfa fach. Roedd honno'n hollol lân hefyd: waliau gwyn a desg o bren golau gyda dim byd ond cyfrifiadur a beiro arni. Roedd sinc bach yn y gornel gyda chwpwrdd oddi tano. Agorodd Manuel y cwpwrdd a rhoi'r cadach ynddo wrth ochr poteli o hylif glanhau a chau'r drws. Fe'm trawodd pa mor lân a golau oedd y swyddfa o gymharu â düwch y corynnod marw oedd yn tra-arglwyddiaethu yng ngweddill yr adeilad. Safodd Manuel a'i gefn yn pwyso ar y sinc.

'Mae corryn y ffidil yn wenwynig.'

'Dwi'n gwybod.'

'Angheuol. Ond ddim i bawb. Dibynnu.'

Aeth at ei ddesg ac agor un o'r droriau. Estynnodd lyfryn a'i agor.

'Dyma'r jyngl. Tikal,' meddai. 'Cer am goeden y Ceiba. Dyma lun ohoni.'

'Mae'n edrych fel unrhyw goeden arall,' dywedais wrth graffu ar y llun. Estynnais am fy ffôn a thynnu llun ohoni.

'*Rhaid* dod o hyd iddi,' pwysleisiodd. 'Mae'r corynnod hyn yn creu eu gwe ar hyd ei brigau. Ffeindia eu gweoedd yn gyntaf. Mae'r corryn yn cysgu yn y dydd, yn y tyllau yn rhisgl y goeden. Ond wedi iddi dywyllu mae'n dod allan o'r tyllau ac i'r we i weld beth sydd wedi ei ddal ynddi.'

Yna aeth yn ôl i'r drôr gan estyn map y tro hwn. Daeth teimlad rhyfedd drosta i, fel petai Manuel wedi bod yn aros amdana i ar hyd ei fywyd ac wedi paratoi ar fy nghyfer.

'Mapa,' meddai a'i agor yn fawr ac yn fflat ar y ddesg. 'Mae'r coed yn ddwfn yng nghanol Tikal. Heibio'r adfeilion. Dydyn nhw ddim yn hoffi golau, felly maen nhw o dan goed mwy o faint. Byddi di'n gallu eu gweld nhw'n ddigon hawdd os wnei di ddilyn hwn.' Rhoddodd gylchoedd o gwmpas ardaloedd o'r jyngl lle'r oedd y coed arbennig yma yn tyfu cyn cau'r map yn berffaith a'i roi yn fy llaw.

Mor syml ac mor anodd â hynny.

'Cer cyn gynted â phosib,' meddai gan fy hebrwng i'r drws. 'Wrth i'r haul bellhau a'r haf gilio, mae'n anoddach gweld eu gwe. Buena suerte, señora.'

Oedais wrth y drws.

'Wyt ti eisiau gwybod pam 'mod i eisiau dal y corryn?' gofynnais.

'Ddim o 'musnes i ...'

'Dwi angen tynnu'r gwenwyn o'i fola,' meddwn yn gyflym. 'Heb ei ladd. Gyda chwistrell.'

Syllodd Manuel arna i.

'Amhosib. Byddai rhaid dofi'r corryn yn gyntaf.'

Cofiais am y cyfarwyddiadau yn *Llyfr Corynnod y Mwmbwls*.

'Dim problem,' atebais a chodi llaw arno.

15

Mae gan bawb eu stori fach o fewn stori eu bywyd. Mae rhai pethau erchyll y byddwn ni'n eu gwneud gan ddifaru'n syth. Ond byddwn hefyd yn gyfoethocach o'r profiad. Yn gwerthfawrogi'r wers, er bod posibilrwydd y bydd y profiad yn ein harteithio am byth. Yn gwneud i ni wrido, gwneud i ni ddeffro yn y nos yn chwys domen a'n calonnau'n curo fel drwm, yn methu coelio'r fath wiriondeb. Byddwn hefyd yn rhyfeddu aton ni ein hunain am fentro ac am feiddio camu i fywyd arall, a hynny dim ond am un noson.

Mae fy stori fach i yn dechrau mewn bar pren yn Flores. Roedd hi'n llethol o boeth tu mewn, er bod ffan mawr swnllyd ar y nenfwd yn troi'n hynod o araf. Wrth un o'r cadeiriau wrth y bar roedd ci du chwyslyd a doedd dim diwedd ar ei gyfarth. Daeth gŵr tenau oedd yn gweini tu ôl i'r bar at y ci a gosod bowlen o ddŵr o'i flaen. Yfodd y ci yn ddiolchgar. Ar ben y bar roedd tair desgil gyda rhyw fath o dapas ynddynt. Bwyd am ddim i'r cwsmeriaid. Pysgod bach a darnau sych o ham. Roedd y clêr yn hofran dros y bwyd, yn glanio a chodi a glanio a chodi. Archebais *burrito* ynghyd â photel o gwrw ac eistedd wrth un o'r byrddau pren.

Roeddwn mewn penbleth, felly ffoniais i Ken a dweud wrtho 'mod i wedi methu â chael corryn yn yr amgueddfa. Roedd Ken wrthi'n potsian ar y ffidil.

'Does dim pwynt i ti fynd i'r jyngl. Ddoi di byth o hyd i'r corryn cywir. Fel chwilio am nodwydd mewn tas wair. Dim gobaith.'

'Mae wastad gobaith, Ken.'

Ochneidiodd Ken. Roedd yn amlwg wedi dod at ei goed a gweld bod fy syniad o ddod yma yn un gwallgo.

'Ti ddim yn credu alla i 'neud e?'

'Dwi ddim eisiau i ti gael niwed. Dwi'n poeni amdanat ti.'

'Dwi yma nawr. Dwi wedi gosod her i mi fy hun a dwi ddim am fynd adre nes 'mod i wedi cael y gwenwyn o'r corryn.'

'Breuddwyd gwrach. Sori.'

'Ti wedi newid dy gân.'

'Wel, ti'n cymryd risg, Muriel.'

Roedd amheuaeth Ken yn ddigon i'm hysgwyd i. Doeddwn i ddim yn gwybod beth i'w wneud.

Gorffennais yr alwad gan feddwl am Ken yn mynd yn ôl i fyd y gân. Gallwn bron â chlywed unigrwydd nodau'r ffidil. Teimlais ryw wacter yn fy llenwi, fel petawn i wedi fy siomi'n aruthrol gan eiriau Ken.

'Hola!' Daeth llais cyfarwydd drwy'r drws. Dyma fi'n troi a gweld Manuel Rodriguez yn dod ataf mewn het gowboi. Tynnodd yr het a'i gosod ar y bwrdd, ac eistedd wrth fy ymyl.

'Señorita bonita,' meddai. 'Cerveza?'

'Sí, por favor,' atebais.

Archebodd ddiod i'r ddau ohonon ni o'r bar heb symud o'i gadair.

Aeth y cwrw i lawr yn gyflym a siaradais Sbaeneg gydag e am beth amser, yn falch o'r cyfle i ymarfer. Aeth un cwrw yn ddau ... yn dri ... yn bedwar. Ymhen dim, roedd Manuel yn archebu *tequilas* o'r bar, a minnau'n eu derbyn yn ddedwydd. Roedd ei bryd a'i wedd wedi newid erbyn hyn, neu o leiaf, dyna fy marn i ar y pryd; ei lygaid wedi meddalu a'i wên wedi troi'n fwy caredig a chyfarwydd yng nghysogdion y gwres hwyrol. Gwnâi ei grys glas golau i'w wyneb edrych yn ddeniadol iawn. Syllais ar ei ddwylo cryf a meddyliais amdanynt yn gafael mewn corryn, ei anwesu'n dyner a'i ddofi cyn ei arwain at focs. Doeddwn i ddim yn gallu ei ddychmygu yn lladd corynnod. Ddim o bell ffordd. Efallai fod ganddo rywun arall i wneud y gwaith hwnnw drosto.

Bwriadai Manuel ymweld â Lloegr yn y dyfodol agos ac roedd felly'n awyddus i siarad Saesneg. Sylwais arno'n edrych ar fy modrwy briodas. Gwenodd. Ni holodd am bartner a wnes i ddim ei holi yntau.

'You been to jungle yet?' gofynnodd.

Ysgydwais fy mhen. Eglurais wrtho 'mod i heb fagu digon o blwc eto.

'I come to jungle with you,' cynigiodd.

'No. It's alright.'

'I can help.'

Er bod fy holl gorff yn ysu am help i ddal y corryn ofnadwy yma, roeddwn hefyd yn gwybod, petawn i'n penderfynu mynd, mai fi, a fi yn unig allai gyflawni'r dasg amhleserus. Doeddwn heb ddweud gair wrtho am pam 'mod i'n awyddus i gael y gwenwyn, na'r un gair am Ken chwaith. Ni ofynnodd yntau ac roeddwn yn falch o beidio gorfod dweud yr holl hanes wrtho. Braf yw anghofio am bethau sy'n ein poeni weithiau.

'Good luck. But you will let me show you real Guatemala?'

Amneidiais yn awyddus.

'I take you somewhere special.'

Roedd y *tequilas* a'r cwrw wedi gwneud i'r bar a'r byd edrych yn lle caredig a gofalgar iawn. Dilynais Manuel yn ddiniwed o'r bar gan adael i gyfarth y ci, y tincian gwydrau a'r miwsig Hisbanaidd atseinio'n bryderus y tu ôl i mi. Roedd e'n dreifio 4x4 mawr du. Tipyn o sioc bod dyn â golwg eithaf cyffredin arno'n gyrru car mor bwerus. Ar ôl i mi eistedd yn y sedd flaen, clodd y drysau â chlic cadarn.

'Por qué?' gofynnais. *Pam cloi'r drysau?*

'Safe,' atebodd.

Rhoddodd Manuel ei droed ar y sbardun ac i ffwrdd â ni. Saethodd y car ar hyd y lôn lychlyd, ac allan o dref fach Flores. Neidiodd fy nghalon i fy llwnc. Beth yn y byd? Sobrais mewn dwy eiliad. Roeddwn yn gallu gweld amlinelliad y llyn o'm blaen gan fod goleuadau cychod bach o gwmpas yr ochr. Roeddwn hefyd yn gallu gweld fy marwolaeth fy hun!

'Stop!'

Ni wrandawodd Manuel.

'Manuel, por favor! A dónde vamos?' *I ble ydyn ni'n mynd?* Gwichiodd fy llais o waelod fy llwnc.

'I take you up mountains. Muy bonita.'

Am beth ffôl i'w wneud. Mynd yn y car gyda dieithryn fel hyn. Beth yn y byd ddaeth drosta i? Wrth i'r car wibio drwy'r tywyllwch, gwibiodd pob math o erchyllterau trwy fy mhen. Doeddwn i ddim yn adnabod Manuel a dyma lle'r oeddwn i'n mynd gydag e mewn car allan i'r wlad ac i fyny i'r mynyddoedd fel cath i gythraul. Dim ond düwch y nos oedd o'n blaenau a phob ochr i'r lôn. Pam wnes i yfed gymaint a chytuno i hyn? Roeddwn yn fud. Yn aros i farw. Plygodd Manuel dros y llyw fel rhyw gorryn mawr yn canolbwyntio ar y ffordd o'i flaen. Dyma'r diwedd, meddyliais.

Yn sydyn, o'r düwch, daeth golau. Smotyn bach gwyn yn y pellter, fel llaw fach yn cyffwrdd fy llaw ac yn dweud bod popeth yn iawn.

'Bar,' meddai gan stopio'r car.

Anadlais ochenaid o ryddhad. Roeddwn yn dal yn fyw. Camais o'r car a'm coesau fel brwyn yn y gwynt. Y peth cynta i'm taro oedd yr oerni a'r aer pur. Dilynais Manuel.

Roedd Bar Pinturon yn rhyw werddon yng nghanol y mynyddoedd. Fyddai neb yn gwybod ei fod yno oni bai eu bod yn gwybod amdano. Roedd fel cawell aderyn wedi ei wasgu rhwng dau fynydd a choed yn ei orchuddio. Tybiwn mai dim ond yn y nos roedd y lle'n weladwy oherwydd y goleuadau.

Dilynais Manuel i mewn, fel petai rhyw hud yn fy nenu. Clywais furmur tawel lleisiau o'm cwmpas, ambell i wydryn yn tincian a sŵn clecian tân agored. Rhyfedd oedd gweld lle tân yn cael ei ddefnyddio mewn lle mor boeth. Roedd hi'n amlwg yn oeri dipyn yma ym misoedd y gaeaf gan fod y bar yn y mynyddoedd. Rhoddodd hynny deimlad clyd i mi, am ryw reswm. Rhyw deimlad o hiraeth am Gymru. Ar wahân i gochni'r tân, gwelais mai canhwyllau'n unig oedd yn goleuo'r lle. Roedd hi bron fel bod mewn ogof.

Roedd symlrwydd y lle yn taro rhywun. Bar o bren tywyll yn y gornel a byrddau hen ffasiwn o bren tywyll o gwmpas y tân. Roedd llieiniau bwrdd gyda sgwariau coch a gwyn dros y byrddau a chanhwyllau mewn hen boteli gwin ar bob un, â gwêr blynyddoedd wedi llifo'n stond ar yr ochrau. A dyna'r cyfan oedd yno. Roeddwn wedi anghofio popeth am y braw a deimlais ar fy ffordd yma ac yn sylweddoli 'mod i wedi camu i'r bar delfrydol. Y bar y mae rhywun yn ei weld yn ei freuddwydion neu mewn ffilmiau. Roedd menyw tu ôl i'r bar mewn dillad du.

'Soy Lupita,' meddai.

'Hola,' dywedais yn ôl. 'Muriel.'

'Vino?' gofynnodd Manuel.

'Vino tinto por favor,' atebais ac aeth Manuel at y bar ac archebu *carafe* o win coch.

Rhoddodd Lupita winc iddo a dywedodd Manuel rywbeth yn gyflym yn Sbaeneg; rhywbeth annealladwy i mi.

'Come this way,' meddai gan fy arwain at y drws cefn. Dilynais Manuel drwy'r drws ac yno roedd byd arall. Wedi ei thorri i mewn i'r graig roedd gardd gwrw yn edrych dros y dyffryn oddi tanom. Gardd gwrw ar glogwyn. Yno hefyd roedd pobl yn yfed o gwmpas y byrddau a'u sgwrs yn llifo mor dawel â'r canhwyllau oedd rhyngddynt. Roedd un bwrdd gwag ac eisteddon ni yno. Daeth Lupita atom gyda hambwrdd â *carafe* o win coch a gwydrau arno ynghyd â thair bowlen o fwyd. Rhyw fath o tapas. Cig eidion mewn rhyw saws, caws gydag afocado a chimychiaid gyda garlleg.

'Free,' meddai gan eu gosod ar y bwrdd. Gwichiodd wrth i Manuel binsio ei phen ôl. Gwyliais Manuel yn ei gwylio'n dawnsio'n ôl i'r bar.

Gawson ni un o'r nosweithiau yna nad ydych chi am iddyn nhw ddod i ben. Noson sydd ei hangen ar bawb, noson sydd fel stori ac nid fel bywyd go iawn. Noson sydd, o'i hadrodd wrth rywun, yn swnio fel celwydd. Fe'n daliwyd mewn eiliad gaeth ddi-bobl, ddi-fyd, ddi-iaith. Doedd amser ddim yn bod, hyd yn oed, wrth i mi wledda gyda dyn dieithr ar gopa mynydd yng ngwres Gwatemala ymhell bell oddi cartre. Wrth i ni wagio ein gwydrau a'n platiau roedd rhagor o win a bwyd yn cyrraedd y bwrdd. Roedd Lupita'n gwneud gwaith arbennig o weini a diddanu. Ymddangosodd band o rywle a gosod eu hunain yng nghornel yr ardd gwrw. Dwi ddim yn gwybod hyd heddiw sut lwyddon nhw i gario eu hofferynnau allan ar y clogwyn. Roedden nhw'n chwarae *jazz* hudolaidd. Rhyw sŵn nos Wener oedd i'r noson. *Jazz* yn y cefndir, gwin coch yn llifo a gwres y dydd yn dawnsio o'r llawr carreg. Gwybed yr hwyr yn cylchu'r gannwyll a sgwrs ddiog yn cylchu Manuel a minnau. Y ddau ohonom yn ysmygu'r naws. Wrth i ni fod yn dawel yng nghwmni'n gilydd tan yr oriau mân roedd hi fel petaen ni wedi bod yn ffrindiau erioed. Bron na theimlwn drueni ein bod ni heb gwrdd yn gynharach yn ein bywydau. Roeddem yn deall ein gilydd – fel petai Manuel wedi bod yn aros i mi gyrraedd Flores erioed – ein cegau'n blasu'r un gwin a'r un bwyd. Roeddem y tu hwnt i heneiddio. Y tu hwnt i unrhyw wawr yn torri. Doedd dim ddoe a doedd dim yfory i ni.

Ydy, mae bywyd, weithiau, wir yn gallu sefyll yn ei unfan.

Yna, cododd yr haul fel rhosyn pinc. Daeth cwlwm o adar bach i'r awyr cyn datod yn edafedd ysgafn a glanio fesul un ar lwyni sych a dechrau canu. Roedd rhaid i ni symud, neu bydden ni wedi eistedd yno am byth. Arweiniodd Manuel fi allan. Roedd wedi yfed gormod i yrru, felly fe gerddon ni 'nôl i Flores. Cerdded at y bore. At realiti ...

Erbyn i ni gyrraedd y gwesty, sylwais ei bod hi'n saith y bore. Plygodd Manuel ataf i 'nghusanu ond symudais oddi wrtho a chododd yntau ei law. Ymlwybrais yn benysgafn at y gwesty, mor ysgafn â'r haul ei hun.

Teimlwn fel petai rhywbeth newydd wedi dod yn rhan ohonof y noson honno, fel petai 'ngwallt wedi tyfu neu fod gen i wên wahanol. Roedd fy sandalau'n fwy llac, fy modrwy'n gyffyrddus ar fy mys ac roeddwn yn gryfach. Roeddwn wedi pendilio rhwng yr ofn erchyll a deimlwn wrth deithio yn y car i fyny i'r mynyddoedd, a Manuel wrth y llyw, a'r teimlad hyfryd o ryddid yng nghwmni rhywun arbennig. Ac os gallwn i oresgyn yr ofn yna, yr ofn o gael fy nhreisio neu fy lladd gan ddyn dieithr mewn gwlad ddieithr, yn bell, bell o bob man, yna roedd modd i mi oresgyn sawl peth arall mewn bywyd. Roedd unrhyw beth yn bosibl, siŵr o fod. Sylweddolais ei bod hi'n iawn i fod yn wan weithiau. Ac er i mi feddwl 'mod i'n gryf, daeth rhyw gryfder arall ynof – teimlais 'mod i wedi bod ym mreichiau Manuel er na wnes i hyd yn oed gyffwrdd blaen fy mys ynddo.

Roeddwn yn rhydd nawr, fel cleren oedd wedi llwyddo i hedfan drwy'r tyllau oedd rhwng edafedd gwe cor.

16

Corryn ddaeth â Ken a fi at ein gilydd. Roeddwn yn gweithio yn y siop ar y pryd. Siop losin fach oedd 'Melys'. Meirwen oedd ei pherchennog a fi oedd y rheolwr. Yr unig siop ym Mhort Talbot oedd ag enw Cymraeg. Er mai Saesneg oedd prif iaith y stryd, byddai'r enw Cymraeg yn llwyddo i dynnu'r iaith allan o wythiennau'r henoed lleol. Hen fenywod oedd wedi eu magu i siarad yr iaith ond a oedd wedi magu eu plant yn ddi-Gymraeg. Bydden nhw i gyd yn dod mewn yn eu tro ac yn dweud pethau tebyg. 'My mother didn't speak it to me', neu 'English was the way forward in those days', ac 'I wish I spoke it'. Ond mi oedden nhw'n ei siarad hi. Roedd Melys fel rhyw faes Eisteddfod roedden nhw'n camu mewn iddo ac yn troi'n Gymry, ac yna'n camu allan i'r byd go iawn eto.

Byddai rhywun wedi disgwyl i fy mam fod yn siomedig mai gweithio mewn siop losin oedd diwedd y daith yrfaol i mi. Wedi'r cwbl, roedd hi a Dad wedi gwario'u cynilion ar fy ngradd prifysgol yn y Gymraeg. A hithau'n athrawes roedd rhaid bod ganddi ddisgwyliadau uwch ohonof. Ond roedd hi'n hollol hapus 'mod i'n loetran y tu ôl i gownter drwy'r dydd, bob dydd. 'Gwna beth ti'n hapus yn 'neud' oedd ei chân o hyd.

Roedd Dad yn synnu 'mod i wedi bodloni ar fywyd mor syml. Roedd e'n teimlo, yn sgil ei waith diflas yn y gwaith dur, bod gwneud yr un peth bob dydd yn lladd ysbryd rhywun. Nid fel yna oedd hi i mi. Dwi'n ferch swil ac mae siop yn lle da i greadures fel fi. Mae rhywun yn cael y diogelwch o gael y cownter rhyngddo a phobl, a dim ond siarad angenrheidiol sy'n digwydd yn hytrach na gorfod chwilio am rywbeth i siarad amdano fe, jyst er mwyn siarad. Fel yna mae rhai, yntê? Chwilio am unrhyw beth i'w ddweud. Unrhyw beth. Dyw'r bobl hynny ddim wedi sylweddoli bod dim byd yn bod ar dawelwch weithiau. Maen nhw'n dweud bod pobl yn siarad dwli mewn siopau, ond y gwrthwyneb oedd yn digwydd yn y siop losin. Yr unig siarad roedd rhaid i mi ei wneud oedd ateb cwestiynau ar bwnc agos iawn ata i, sef losin. Roeddwn yn gwybod popeth am bob gronyn o siwgr ac roeddwn yn bwyta dyrnaid o losin bob dydd ar gyfer fy nghinio. Math gwahanol bob dydd. Roeddwn yn hoffi pob un a'r peth mwyaf rhyfeddol oedd bod cyflwr fy nannedd yn berffaith.

Roeddwn hefyd yn hoffi'r ffaith fod pob diwrnod yr un peth ond bod y bobl yn wahanol. Roeddwn yn cyrraedd y siop, agor y caead metel gyda'r botwm chwith, agor y drws, diffodd y larwm – yr un rhif â dyddiad geni Meirwen – cloi'r drws, cynnau'r golau, y pedwar swits, nôl y gliniadur o dan y cownter, mynd i'r stafell fach yn y cefn i agor y seff. Yn y seff roedd arian y fflôt. Roeddwn yn cyfri arian y fflôt a'i gofnodi ar y daenlen ar y gliniadur; pob papur ugain punt, deg punt, pum punt, punnoedd ac arian mân. Pob ceiniog. Fel plentyn yn cyfri arian poced. Yna roeddwn i'n cyfri popeth eto nes bod fy mysedd yn colli eu teimlad. Y tro cyntaf wnes i hyn, fe ollyngais sawl pum ceiniog gan nad oedd fy mysedd wedi arfer cyfri arian mor fân. Mae arian mân yn niwsans i bawb, yn syrthio allan o bocedi trowsusau, yn cronni am flynyddoedd mewn cadw-mi-gei, yn tewhau pwrs arian, yn cael eu taflu i ddrôr neu eu gollwng lawr ochr soffa. Ond mewn siop fach mae pob darn o arian mân yn bwysig. Roedd arian mân yn dod allan o fy nghlustiau. Roeddwn yn gosod swm penodol o arian yn y til bob bore. Yr un drefn, yr un swm ond arian gwahanol. Dyma'r drefn foreol. Doedd dim peiriant cardiau gyda nhw na modd i dderbyn sieciau. 'Chi'n perthyn i oes y ci a'r blaidd,' meddai Loli, un o'r henoed oedd yn ymweld yn ddyddiol – menyw oedd yn edrych fel petai hi wedi byw ar losin erioed. Dim ond dau ddant blaen oedd ganddi ar y top a'r gwaelod. Roedd hi'n union fel cwningen. Doedd gen i mo'r galon i ddweud mai 'arth' oedd y gair, nid 'ci'.

Doedd dim ots gen i fod yn hen ffasiwn. Roeddwn yn hoffi agor y til a chlywed metel yr arian yn siarad â'i gilydd ac arogl hanes yn gynnes ar fy mysedd ar ddiwedd y dydd. Gwell hynny na cherdyn plastig oer. A phwy fyddai'n talu am losin gyda cherdyn beth bynnag? Rhyw chwilio yn eich poced am ddarnau sbâr o arian a phrynu manion yw'r wefr o siopa mewn siop losin, am wn i. Serch hynny, sychodd fy mysedd oherwydd oerni'r metel a'r copr ac roedd yr arogl arnyn nhw ddydd a nos er cymaint y byddwn yn eu sgrwbio gyda brwsh ewinedd a sebon bob nos ar ôl mynd adre. Roeddwn yn breuddwydio am fwyta, nid losin neu siwgr, ond arian mân. Byddai pob breuddwyd yr un peth, llond ceg o arian mân a minnau'n methu â'u poeri allan. Dwi'n dal i gael y freuddwyd yna weithiau.

Cyn agor y siop, byddwn yn llenwi'r cownter gyda'r losin, y melystra'n cosi fy ffroenau. Byddwn wedyn yn troi'r arwydd ar y drws i 'Ar Agor' ac yn troi'r allwedd, yna'n agor a chau'r drws i wneud yn siŵr bod y gloch yn gweithio.

Un bore, pan oeddwn ychydig ar ei hôl hi, syrthiodd bocs o *cola cubes* ar y llawr gan rolio o dan y cownter. A minnau ar fy mhedwar yn estyn i'r corneli llwyd y tu ôl i'r cownter dyma fi'n dod wyneb yn wyneb â chorryn. Neidiais allan o du ôl y cownter gyda sgrech. Ar yr eiliad honno, canodd cloch drws y siop a chamodd Ken i mewn a sefyll o'm blaen. Rhwng anadliadau o ofn, llwyddais i egluro wrtho bod corryn yn rhydd yn rhywle. Chwarddodd Ken yn uchel.

'Corryn? O'n i'n meddwl bod rhywun wedi fflasio arnat ti yn y ffenest wrth fynd heibio!' atebodd. Ond penliniodd yn garedig y tu ôl i'r cownter a chwilio am y corryn. Doedd e ddim yn hawdd dod o hyd iddo, ond fe lwyddodd – a'i ddal yn ei law a mynd ag e'n ofalus drwy'r drws ac i lawr y stryd i'w ollwng yn rhydd.

'Arwr,' dywedais wrtho heb owns o ffeministiaeth. Gwenodd a brwsio'r llwch a'r siwgr eisin oddi ar ei ddillad.

'Super Ken,' meddai'n gawslyd ac estyn ei law. Ysgydwais ei law yn hamddenol a theimlo rhyw hoffter ato'n syth. Cynigiais chwarter o losin iddo am ddim, a chytunodd i gymryd dwy owns o *cherry lips* a dweud wrtha i ei fod yn gerddor aflwyddiannus. Roedd gradd ganddo mewn hanes cerddoriaeth o Rydychen ond doedd e'n gwneud dim ond cyfansoddi drwy'r dydd a chanu'r ffidil mewn band gwerin gyda'r nos, ar benwythnosau ac ambell i nos Fercher. Roedd e'n dod o Abertawe ac yn hoff o *cherry lips*. Ond doedd e ddim wedi bod yn Melys o'r blaen. Pasio trwy Bort Talbot oedd e wrth fynd i'r Bontfaen â *demo tape* ei ffrind oedd yn ganwr.

'Does neb yn pasio trwy Bort Talbot,' dywedais. 'Mae traffordd yn pasio uwch ein pennau.'

'Wel 'wi'n falch 'mod i wedi 'neud,' atebodd. 'A fydda i'n pasio trwyddo eto, os yw hynny'n iawn gyda ti.'

Cefais y teimlad 'mod i'n edrych ar rywun cyfarwydd, caredig, cyfforddus, cysurus.

17

Roedd gen i ddewis i'w wneud. Mynd adre a nyrsio Ken hyd nes i'r salwch fynd yn drech nag e, neu aros yng Ngwatemala, mynd i'r jyngl a chwilio am gorryn ar fy mhen fy hun. Ei ddal a'i ddofi. Ar fy mhen fy hun. Roedd y dewis yn amlwg. Roedd Ken yn iawn. Ffwlbri llwyr oedd dod fan hyn yn benchwiban i gyd, yn meddwl 'mod i'n mynd i wireddu gwyrth. Yn fflyrtio'n ffôl gyda dynion dieithr. Fy lle i oedd adre gyda Ken fel gwraig dda.

Y noson honno es i allan am dro at dawelwch y llyn i gael amser i feddwl. Roedd yr antur wedi bod yn un rhyfedd hyd yn hyn. Ond doedd e ddim wir yn antur chwaith. Y cwbl roeddwn i wedi ei wneud oedd mynd i amgueddfa farwaidd a gweld corynnod marw. Teimlwn fel methiant ac roeddwn yn gwybod na fyddai'r teimlad hwnnw'n mynd oni bai 'mod i o leiaf yn ceisio gwneud mwy i helpu Ken.

Eisteddais mewn bar bach moel â choncrid ar y llawr. Roedd cerddoriaeth salsa ar y radio a'r *waitress* yn siglo'i phen ôl yn hapus wrth fynd o fwrdd i fwrdd. Archebais wydraid o Fanta oren. Daeth mewn potel wydr a gwelltyn ynddo, fel diodydd ein plentyndod pan arferem fynd ar ôl y lorri Corona i brynu poteli pop a rhoi poteli gwydr gwag yn ôl yn eu lle a chael arian yn ôl. *Orangeade* oedd ffefrynnau fy mrawd a mi. Bydden ni'n cael pysgod a sglodion bob nos Wener gyda bara menyn wedi ei dorri'n denau a gwydraid o *orangeade*. Blas nos Wener. Blas brawd a chwaer. Blas rhoi'r wythnos yn ei bocs a rhoi'r byd yn ei le. Bydden ni'n dau'n gwylio ffilmiau arswyd yn y stafell gefn ar ôl dwyn cerdyn siop fideos Mam o dan ei thrwyn. Bydden ni'n dweud 'Ni'n gwylio ffilms 18, Mam, ocê?' A byddai hi'n dweud 'ocê' yn ôl heb godi ei phen o'r picau ar y maen roedd hi'n eu gwneud.

Yfais y ddiod i leddfu'r lwmp yn fy llwnc ac i leddfu'r boen yn fy stumog. Poen cydwybod a phoen hiraeth. Ers hynny, mae Fanta oren neu unrhyw ddiod oren, er gwaetha'r lliw llachar hafaidd, wedi f'atgoffa o dristwch ar ôl blynyddoedd o gysylltu'r ddiod gydag atgofion hapus. Biti bod un profiad trist yn gallu newid pob teimlad am rywbeth.

Aeth y swigod melys i gosi fy mhen ac estynnais am fy ffôn er mwyn chwilio am Ken a'i ffonio.

'Haia, cariad.'

'Haia. Ti'n ocê?'

'Ddim yn arbennig o dda heddi. Ble wyt ti?'

'Mewn caffi. Gweld dy eisiau.'

'A fi.'

Tawelwch. Yna meddai Ken,

'Muriel. Y salwch 'ma ...' Oedodd a phesychu. 'Dwi'n mynd i farw, ti'n gwybod.' Ni ddywedais air yn ôl. 'Mae'r tawelwch rwyt ti wedi ei adael ar ôl wedi dweud wrtha i 'mod i'n mynd i farw.'

Dechreuais grio. Crio go iawn, lle mae'r dagrau'n dod o waelod y stumog. Crio siom, crio am salwch erchyll, crio hiraeth am rywbeth na ddaw byth, byth yn ôl. Crio'n galetach nag y gwnes i pan gawson ni'r diagnosis. Roedd sylweddoliad a chydnabyddiaeth Ken o'r gwirionedd ofnadwy wedi gwneud y peth yn real am y tro cyntaf. Yn real iawn, iawn.

'Oes siawns y doi di o hyd i'r corryn yna?'

'Oes.'

Trwy fy nagrau gwelais yr haul yn sgleinio ar bilipala bach melyn. Gwenais heb ddweud gair. Sylwais nad oedd sŵn ffidil yn y cefndir yn ystod ein sgwrs.

18

Dim ond fi a menyw oedrannus Indiaidd, hardd oedd yn sefyll ar y palmant tu allan i'r gwesty yn aros am y bws i'r jyngl. Roedd hi'n gynnar iawn a'r bore'n dal yn hynod o dywyll, yn dywyllach nag unrhyw awr o'r nos. Roedd yr aer yn llonydd, a sŵn pryfaid tân yn deffro'n raddol yn y coed palmwydd yng ngardd y gwesty a'r drysni oedd yn tyfu o'u hamgylch. Wrth iddi oleuo'n araf, aeth ambell i foped heibio fel gwybed gan styrbio'r tarmac llychlyd. Daeth cath denau iawn yr olwg heibio, oedi i syllu arna i, a pharhau i gerdded, yn chwilio am foregodwr o lygoden, siŵr o fod.

Roeddwn wedi blino. Er 'mod i'n berson rwtîn ac yn berson trefnus, doeddwn i ddim yn 'berson bore' o gwbl. Byddai ias yn mynd drwof wrth glywed am bobl oedd yn codi yn oriau mân y bore i weithio neu i wneud ymarfer corff. Os oedd hi'n gynt na hanner awr wedi wyth y bore, fyddwn i'n methu ag agor fy llygaid yn iawn, ac yn brwydro i agor fy ngheg i siarad unrhyw synnwyr. Roeddwn fel petawn i'n dal yn sownd yn y nos a rhyw ddarn bach o edau yn fy nghlymu i'r tywyllwch. Byddai'n cymryd proc go dda i fy llusgo at fywyd y dydd.

Doedd y bore yma ddim yn wahanol o gwbl. Roedd larwm fy ffôn wedi rhoi braw i mi a minnau yng nghanol breuddwydio. Breuddwydio am Ken. Breuddwydio am Ken yn iach a phethau fel ag yr oedden nhw. Diwrnod cyfan o freuddwyd lle'r oedd y ddau ohonom wedi mynd am bryd o fwyd. Y bwrdd rhyngom yn gyforiog o'n hoff fwydydd: cimwch, corgimychiaid, bara cynnes newydd ei bobi, stêcs anferthol a digonedd o win drud. Bwytaodd y ddau ohonom a chwerthin ar bethau bach dwl. 'Dwi methu credu'r peth,' meddai Ken yn y freuddwyd a minnau'n ateb, 'Na fi.' Ac yna fe ddeffrais i sŵn y larwm ffôn. Efallai mai breuddwyd oedd hi, ond roedd yr hapusrwydd yn dal i wasgu ei ffordd ohonof wrth i mi orwedd yn Nhir na n-Og y botwm *snooze* a gwres y diwrnod yn dechrau crafu fy mhen.

Syllais yn fanylach ar y fenyw wrth fy ochr. Roedd ganddi wisg ddu hyd y llawr a gorchudd du am ei phen i gyd gan adael dim ond ei hwyneb yn y golwg. Roedd hi mewn dipyn o oed er bod ei chroen llyfn yn edrych fel croen merch ifanc. Gwelais debygrwydd ynddi i fy mam-gu. Y llygaid caredig, efallai. Roedd ganddi focs mawr yn ei breichiau a blanced streipiog drosto, streipiau pinc a glas a gwyrdd oedd yn ddigon tebyg i flancedi *flannelette* Mam-gu 'slawer dydd. Daeth fflach o atgof. Cofio cysgu yn y gwely bach yn yr ystafell fechan pan oeddwn i'n blentyn. Cynhesrwydd gormodol y blancedi o gwmpas fy nghorff ynghyd â blanced letrig, fel arfer, o dan fy nghefn. Roedd Mam-gu'n hynod ofalus 'mod i'n gynnes pan fyddwn yno. Roedd yr ymdrech i gynhesu'n profi mai oer oedd y tŷ pan oedd y teulu ddim ar ymweliad, a hithau yno ar ei phen ei hun. Mam-gu. Petai hi ond yno i roi cysur ei blancedi drosta i nawr.

O bell, herciodd bws llwydaidd, pantiog, poenus i stop wrth ein hymyl, ag arwydd Tikal ar ei flaen. Agorodd y drws a daeth dau ddyn oddi ar y bws; chwibanodd un arna i, poerodd y llall ar y llawr. Aeth y ddau i gyfeiriadau gwahanol. Rhoddais ystum i'r fenyw fynd ar y bws yn gyntaf. Cariodd hi'r bocs i fyny'r stepiau fel petai'n gwneud hynny'n ddyddiol. Cododd y gyrrwr ei law arni a'i gadael ymlaen heb dalu. Fe'i dilynais hi a gofyn i'r gyrrwr faint oedd y gost. Pwyntiodd at y darnau copr yn fy llaw a rhoddais nhw iddo gyda gwên. Gwerth rhyw dri deg ceiniog. Pocedodd e nhw'n ddiolchgar ac roedd golwg farus a slei arno wrth fy llygadu. Tybiais ei fod wedi cymryd gormod o dâl am y siwrne. Beth oedd yr ots am hynny? Herciodd y bws yn ei flaen yn ddiamynedd cyn i mi gael cyfle i eistedd a bu bron i mi syrthio.

Roedd drewdod anhygoel ar y bws, yn gymysgedd o chwys a thail. A deallais yn ddigon buan beth oedd wrth wraidd hynny. Wrth i mi chwilio'n simsan am sedd, gwelais fod llawer o'r seddi gwag a thyllog yn llawn caetsys ac anifeiliaid. Roedd cath ar un sedd a'i pherchennog pen moel ar y llall, a hwnnw'n fflyrtio siarad gyda'r gath fel petai'n gymar iddo. Doedd dim un dant i'w weld ym mhen y dyn pen moel a chwibanai ei lais bob yn hyn a hyn wrth i'w anadl chwipio trwy ei wefusau. Roedd haid o ieir mewn caets arall yn clwcian a chrafu a chachu. Roedd hwyaden mewn un arall ac roedd ei pherchennog benywaidd, ganol oed oedd â golwg esgyrnog iawn arni yn syllu a syllu ar ei hwyaden, fel petai'n breuddwydio am ei bwyta. Roedd y fenyw oedd yn fy atgoffa o fy mam-gu wedi tynnu'r flanced streipiog oddi ar ei bocs a datgelu nad bocs oedd e o gwbl ond caets yn llawn gwyddau. Tair gŵydd wen a'u pigau'n busnesu tu allan i'r bariau fel petaen nhw'n chwilio am fys i'w frifo. Roedd golwg filain arnyn nhw. O bryd i'w gilydd byddai'r fenyw yn taro eu pigau yn flin. Gyda fy stumog yn troi, eisteddais ar un sedd wag tua'r cefn gan geisio bod mor anweledig â phosib yng nghanol yr holl sŵn a'r drewdod.

Aeth y bws yn ei flaen fel cath i gythraul, yn siglo o un ochr i'r llall, ar hyd lonydd bach llychlyd. Dechreuodd y dyn yn y sedd flaen ganu rhywbeth cyffelyb i 'Sosban Fach' yn Sbaeneg. Ymunodd y fenyw esgyrnog gydag e, heb wenu a heb dynnu ei llygaid oddi ar ei hwyaden. Yn sydyn gwaeddodd y dyn heb ddannedd rywbeth oedd yn amlwg yn frwnt a dyma'r bws i gyd, gan gynnwys y gyrrwr, yn chwerthin. Roedden nhw'n swnio fel haid o adar hefyd a theimlwn yn unig iawn gan 'mod i ddim yn gallu ymuno â'r hwyl. Roedd hyn i gyd fel trip yr ysgol Sul i draeth Porthcawl 'slawer dydd, a'r plant hŷn yng nghefn y bws yn canu fersiynau brwnt o 'Bing Bong':

Nain a Taid yn rhedeg ras
Rownd y tŷ a rownd y das,
Nain yn syrthio dros ben stôl
A Taid yn entro o'r tu ôl.

Dal i fynd wnaeth y bws. Dal i fynd a dal i fynd. Roedden ni wedi bod yn teithio am dros ddwy awr. Dechreuais feddwl 'mod i ar y bws anghywir gan fod yna ddim golwg mynd i'r jyngl ar yr un o'r rhain. Ble'r oedd y twristiaid?

Yna, ar ôl yr hyn oedd yn teimlo fel oriau maith a minnau bron â llwgu a marw o syched, daeth y bws at bentre bach llawn tai bychain â golwg oes o drwsio arnynt – y toeon yn sinc a'r waliau'n graciau ac yn batsys o baent. Ar ganol y sgwâr roedd pentwr o ddillad a menywod yn twrio drwyddyn nhw, yn chwilio am rywbeth. Daeth y bws i stop ac aeth pawb oddi arno, y bobl, y caetsys a'r sŵn. Penderfynais innau godi hefyd a gofyn i'r gyrrwr lle'r oedden ni. Deallais 'mod i'n mynd i'r cyfeiriad cywir i gyrraedd jyngl Tikal ond roedd bws y twristiaid y tu ôl i ni. Es i oddi ar y bws a gweld ei fod yn dweud y gwir. Yn oedi yn arhosfan y bws ychydig lathenni lawr y lôn roedd bws mawr moethus. Es i ato a gweld wynebau gorllewinol, balch yr olwg. Er mor awyddus oeddwn i i gymysgu â'r bobl leol ac ymdoddi i'r diwylliant, doeddwn i erioed wedi bod mor falch i weld twristiaid. Talais drwy fy nhrwyn am sedd. Sedd gyfforddus. Roedd troli ar y bws gyda danteithion lu ar werth. Llenwais fy rycsac â chymaint o fwyd ag y gallwn a thalu'r fenyw. Edrychodd honno arna i fel petai gennyf gyrn yn tyfu o fy mhen. Caeais fy llygaid am weddill fy siwrne. Roedd y sedd gysurus yn bleser o dan fy mhen ôl.

19

Roedd y gwesty ger y jyngl yn union fel y byddai rhywun yn ei ddychmygu. Cwt mawr pren yng nghanol gwyrddni. Roedd sŵn *cicadas* yn mwytho'r gwyll yn hudolus wrth i mi gario fy mag llychlyd i mewn i'r stafell wely syml. Dim ond gwely a chadair oedd yno a stafell ymolchi fechan. Doedd dim ots gen i am hynny. Roedd y symlrwydd yn gyfoeth ac yn ddihangfa hyfryd o'r byd. Dyma beth oedd ei angen arna i. Petawn i heb ddod yma i ddal corryn er mwyn gwella Ken, byddwn wedi bod yn hapus iawn i aros yma beth bynnag. Roedd fy nghorff wedi ysu am y gwacter meddwl, gwynder y blancedi a'r llenni a moelni'r llawr pren. Ac roedd sŵn bywyd gwyllt y coed tu allan fel petai'n dweud wrtha i mai dyma beth oedd bywyd. Ar ôl prysurdeb concrid a myglyd y dref fach, roedd synau'r pryfaid a'r mwncïod yn falm i'r enaid.

Roedd hi wedi dechrau nosi ac yn gyferbyniad llwyr i'r heddwch sylwais fod bar bach yng ngardd y gwesty lle'r oedd miwsig swnllyd yn taranu. Doeddwn i ddim yn barod am fy ngwely eto, felly ar ôl dadbacio a rhoi fy ffôn i wefru es i allan i eistedd yng ngardd y gwesty, yng nghwmni dau barot oedd yn hercian yn ôl ac ymlaen fel petaen nhw'n dawnsio. Roedd un fenyw arall yno. Gwenais arni.

'Hi.' Saesnes. 'The tequila's cheap as chips here.'

Daeth y barman aton ni. Roedd yn gwisgo dillad coch a gwyrdd. Edrychai fel parot.

'You want one?' gofynnodd y fenyw.

'Ok,' atebais.

'Two tequilas,' meddai'r fenyw yn araf gan ddal dau fys i fyny.

Cododd y barman ei aeliau a mynd at y bar.

'I'm Jo.'

'Muriel.'

'Where are you going?'

'To see the ruins tomorrow.'

'Nice! Been there twice. It's amazing. On your own?'

Dechreuais ddweud am Ken a'i salwch a 'mod i wedi dod i gael un gwyliau bach hebddo, i ymlacio, ond doedd hi ddim wir eisiau clywed. Roedd Jo eisiau dweud ei hanes hi. Roedd hi wedi ysgaru ei gŵr flwyddyn yn ôl, roedd ei phlant wedi gadael cartref ac roedd hi wedi penderfynu dathlu ei rhyddid newydd drwy deithio'r byd. Roedd hi wedi bod ym Mecsico yn barod. Sylweddolais yn ddigon cyflym mai rhyw ddynes bragio trwy gwyno oedd hon.

'Fell in love with a Cuban and flew there in a tiny plane with him for three days – not for the faint-hearted – we didn't come out of bed. Then he went back to his wife and I came back to Mexico in the tiny plane. I didn't think I'd live to tell my tale.'

Rhoddodd un o'r parotiaid wawch wrth godi ei droed a chrafu ei ben.

Eisteddais yn ôl yn fy sedd. Uwch ein pennau roedd ystlum yn hedfan mewn cylchoedd. Rownd a rownd a rownd. Ac roedd Jo yn dal i siarad yn ei llais cwynfanllyd. Beirniadu'r Gwatemaliaid am beidio â siarad Saesneg a pheidio deall ei bod hi'n llysieuwraig. Doedd ganddi hi ddim gair o Sbaeneg, felly roedd hi'n disgwyl y byddai rhywfaint o Saesneg yma. Doedd hyd yn oed yr arwyddion ddim yn dangos un gair o Saesneg. Roedd hi wedi gobeithio y byddai De America wedi dod yn fwy gwaraidd ers y tro diwethaf iddi fod yma. Roedd Sbaen yn well yn ei barn hi. Pan oedd hi'n mynd i'w *villa* yn ne Sbaen, roedd hi fel cymuned Brydeinig yno. Saeson oedd bia bron pob caffi a bwyty, felly doedd dim siawns cael eich twyllo a dod o hyd i ddarn o ham yn eich omlet. Doedd tramorwyr jyst ddim yn deall y busnes llysieuol yma. Doedd dim hyd yn oed *beanburgers* yn eu McDonalds nhw.

Roedd arian a Phrydeindod hon yn sgleinio drwy'r cwyno fel ceiniog mewn llwch. Cefais ddigon ar ei phregeth a gadewais hi'n y bar yn astudio'i ffôn, yn ceisio dyfalu'r gwahaniaeth amser er mwyn tecstio cyn-gariad.

Syrthiais i gysgu dan rwyd mosgitos ag arogl llwydni'r coed yn fy ffroenau a sŵn ystlum yn sgrechian o berfedd y jyngl.

20

Roedd rhes o Americaniaid mewn dillad gwynion llaes a hetiau haul yn aros i dalu wrth swyddfa docynnau mynedfa Tikal. Teimlai'n rhyfedd i sefyll mewn ciw a phrynu tocyn i fynd i rywle mor wyllt â jyngl. Yn ôl yr wybodaeth a gefais am Tikal o ryw hen *Lonely Planet* wnes i ei ffeindio yn y llyfrgell, roedd modd i bobl dalu am daith gerdded i weld yr hen demlau a adeiladwyd gan y Maya ganrifoedd yn ôl yng nghanol y jyngl – taith fyddai'n cymryd tua hanner diwrnod. Dyma oedd fy nghynllun:

1. Gofyn am wybodaeth am gorynnod (os na fyddai'r tywysydd wedi ei rhoi i ni beth bynnag).
2. Gadael y grŵp am bum munud i chwilio am gorryn y ffidil.
3. Dal y corryn gyda'r teclyn plastig.
4. Tynnu'r gwenwyn o fol y corryn gyda'r chwistrell a'i storio.
5. Rhyddhau'r corryn heb ei gyffwrdd.
6. Mwynhau gweddill y daith drwy'r jyngl.
7. Dal yr awyren nesaf adre.

Roedd arogl gwlith y gwanwyn yn y jyngl a braf oedd arogli hynny wedi'r haul poeth. Pedro oedd enw ein tywysydd, a daliai bolyn gyda baner Jac yr Undeb yn hongian yn llipa oddi arno. Doedd ganddo fawr o ddiddordeb yn y grŵp ac ni wnaeth lawer o ymdrech i gyfri pawb, dim ond mynd am y jyngl yn llawn cyffro. Symudodd fel neidr o'n blaenau, ei esgidiau ysgafn yn llithro ar hyd llwybr llaith oedd yn amlwg yn cael ei droedio drwy'r dydd, bob dydd. Roeddwn wedi dychmygu chwalu fy ffordd trwy ddeiliach trwchus fel anturiaethwr yn darganfod rhywle am y tro cyntaf, ond nid felly'r oedd hi. Teimlai hwn fel trip ysgol plentyn bach yn hytrach na thaith i'r jyngl go iawn, llawn peryglon. Serch hynny, roedd sgwrs Pedro yn ddiddorol. Doedd e ddim am adael unrhyw ddeilen o wybodaeth allan. Roedd am i ni, Brydeinwyr, wybod pob un peth am adfeilion Tikal. Ond roedd yr adfeilion yn bell yng nghanol y jyngl ac roedd gwaith cerdded. Clywyd sawl ochenaid o gŵyn gan bobl oedd yn amlwg yn disgwyl glanio wrth draed yr adfeilion yn syth ar ôl mynd trwy'r fynedfa. I mi, mwyaf dwfn roeddem yn mynd i mewn i'r jyngl, yna gorau oll. Roedd gen i gorynnod i'w canfod.

Siaradodd Pedro fel pwll y môr am y coed, yr anifeiliaid, y pryfaid, y blodau, ond roeddwn i wedi cael fy hudo gan synau'r jyngl yn fwy na llais Pedro. Sŵn udo mwncïod De America a thwrw'r *cicadas* ac ergydio atseiniol cnocellau'r coed. Sylwais wrth i ni symud o ryfeddod i ryfeddod ar we cor yn orchudd ysgafn ar ddail, ar frigau, ar wair. Fel petai corynnod yn dangos i'r rheiny oedd yn medru gweld yr edafedd tryloyw mai nhw, er mor fach oedden nhw, oedd bia'r jyngl mewn gwirionedd. Roedd gwe yn britho'r coed bron gymaint â dail ac aeth ias drwydda i.

Fe gerddon ni trwy'r goedwig law dan goed tamp, anferth nes i ni gyrraedd yr adfeilion anhygoel. Roedden nhw fel tyrau niwlog o lwyd yn cuddio dan ganopi o wyrddni. Adeiladodd y Maya balasau, temlau, pyramidiau anferthol ac allorau ar gyfer seremonïau, a'r cwbl yn dyddio o tua 700 OC. Yn fwy na hynny, amgylchynwyd popeth â chwrlid o wyrddni'r jyngl a choedwig law llawn bywyd gwyllt. Doedd dim teimlad tebyg i weld y golygfeydd o fy mlaen – y meini hynafol yn gymysg â'r trofannol.

Sylweddolais yn sydyn 'mod i wedi cyrraedd rhywle a allai fod â'r ateb i salwch Ken. Y lle hudolus hwn oedd yn gartref i goed Ceiba a chorynnod y ffidil. Ond roedd angen i mi dorri'n rhydd o'r grŵp o bobl am gyfnod bach er mwyn i mi gael cyfle i chwilio amdanynt.

A ninnau'n eitha dwfn i mewn i'r jyngl a Pedro wedi gorffen disgrifio sut roedd y Maya yn astudio'r gofod, cyhoeddodd ei bod hi'n bryd i ni gymryd egwyl i gael rhywbeth i'w fwyta cyn cyfarfod 'nôl mewn rhyw ugain munud. Aeth pawb ati i eistedd ar fatiau neu flancedi neu gardigans a thynnu bwyd o'u bagiau. Dyna pryd y gwelais fy nghyfle. Pan doedd neb yn edrych, codais yn hamddenol a throi'n ddyfnach am y jyngl lle'r oedd y tyfiant i'w weld yn fwy trwchus. Edrychais yn fy ôl bob yn hyn a hyn i wneud yn siŵr 'mod i'n cerdded mewn llinell syth ac i gofio'r ffordd ar gyfer dychwelyd (ac i sicrhau fod neb yn fy nilyn i). Ddylsai hyn ddim cymryd rhyw lawer o amser.

Roedd gen i'r llun o goeden Ceiba ar fy ffôn ac er nad oedd signal gen i, roedd y *screenshot* roeddwn wedi ei gadw o'r goeden yn glir o'm blaen. Roeddwn wedi ymgolli gymaint yn fy ysfa i ddod o hyd i'r Ceiba nes i mi beidio â sylweddoli i'r jyngl ddwysáu a thewhau o f'amgylch, a bod y golau wedi pylu dipyn.

21

Oedais o dan goeden o ryw fath. Astudiais y llun ar fy ffôn – sŵmio i mewn a chymharu – ie, yn sicr, hon oedd y goeden iawn. Y Ceiba.

Roeddwn wedi bod yn cerdded am amser hir, y chwys yn llifo i lawr fy nghefn a'm traed yn damp a chwyddedig yn fy mhymps ysgafn. Oedais i nôl dŵr o'r rycsac. Roeddwn yn teimlo'n sâl, yn benysgafn a'r holl synau estronol yn un gân aflafar, yn gur yn fy mhen. Yfais lwnc o ddŵr. Diolch byth 'mod i wedi llwyddo i bacio tair potel. Syllais i fyny a gweld mwnci yn siglo o'r canghennau, yn uchel, uchel. Rhyfeddais pa mor dal oedd y goeden, fel silindr ac yn hollol syth. Roedd hi mor dal nes bod ei bysedd o ddail fel rhyw ymbarél anferth uwchben yr holl jyngl. Roeddwn yn falch iawn o'i chysgod. Mae'n debyg bod y coed yma'n cael eu defnyddio i gysgodi sgwariau mewn dinasoedd. Defnydd arall o'r *kapok* – neu'r goeden sidan – yn ôl fy ymchwil yw defnyddio ffibrau pluog o ffrwythau'r goeden i'w rhoi mewn clustogau a gobenyddion. Roedd hi'n bosibl bod hon yn dal yma ers cyfnod y Maya neu ei bod hi'n ddisgynnydd i goeden oedd yn tyfu yma bryd hynny. Anhygoel. Roedd ei dail fel bysedd yn chwifio arna i.

Anadlais yn ddwfn a chwilio godre'r goeden yn ofnus gyda fy mysedd nes i mi ddod o hyd i dwll yn ei rhisgl. Roedd y twll yn grwn, tua'r un maint â hanner can ceiniog. Cofiais eiriau Manuel, mai yn y tyllau hyn roedd corynnod y ffidil yn nythu a bod angen i mi chwilio am we. Yn wir, roedd gwe cor yn hongian fel lein ddillad oedd bron yn anweledig rhwng dau frigyn uwchben y twll, ac roedd gwe hefyd dros flaen y twll. Crynais o weld y campwaith perffaith wedi ei osod yn dawel er mwyn dal y pryfaid diniwed. Roedd meddwl am fynd yn agos i'r fath beth yn gwneud i mi chwysu mwy fyth. Ond gorfodais fy hunan i gallio. Dyma fy nghyfle. Roedd rhaid i mi ddenu corryn allan o'r nyth.

Cymerais ddeilen a dilyn y cyfarwyddiadau a gefais gan Manuel. Gosodais y ddeilen yn ofalus ar y we ar flaen y twll. Crynodd y we fel cyrtens mewn awel. O glywed y cryndod saethodd corryn allan o'r twll. Neidiais yn ôl oddi wrth y goeden fel petai rhywun wedi fy nharo. Yn fy nghynnwrf i ddod i chwilio am wyrth roeddwn wedi anghofio'n union pa mor ddwys ac erchyll oedd fy ofn. Roedd yr ofn yn reddfol. Fel tisian. Ond llawer, llawer mwy pwerus. Mae rhywun yn ymateb i ofn gyda'i holl gorff. Dechreuodd fy stumog droi a theimlwn yn benysgafn ofnadwy. Allwn i ddim dioddef edrych ar y goeden. Oeddwn i'n mynd i chwydu? Roedd y chwys fel nant ar hyd fy nghefn. Ochneidiais a chymryd anadl fawr. Gorfodais fy hun i droi fy mhen ac edrych i gyfeiriad y corryn. Roedd e yna. Ac roedd y corryn wedi rhewi yn ei unfan, fel fi.

Dyma fe, efallai? Ai hwn oedd y corryn ffidil enwog doeddwn i ond wedi ei weld mewn lluniau? Allwn i ddim ei weld yn ddigon manwl. Ond roedd yn werth ei ddal beth bynnag, rhag ofn.

Oedd e'n mynd i neidio arna i? Oedd e'n mynd i fy nghnoi? Roedd yn dal yn yr unfan. Cymerais anadl ddofn. Roedd fy nghoesau a fy nwylo'n crynu. Roedd y chwys yn llifo i lawr fy wyneb erbyn hyn, yr halen a'r baw yn brifo fy llygaid. Gallwn flasu'r hunllef. Rhaid oedd gweithredu cyn i mi gael traed oer. Ond haws dweud na gwneud. Agorais fy rycsac yn grynedig ac estyn y teclyn plastig er mwyn ei ddal. Daliais y teclyn, ei osod yn araf ac yn ofalus ar y rhisgl, a'i agor hyd braich cyn ei symud at y corryn a'i gau amdano. Dim gobaith. Aeth y corryn yn ôl i'w dwll, yn ddigon hamddenol. Sefais yno'n anadlu'n drwm mewn ofn a chyffro.

Driais i sawl gwaith gan chwilio am gorryn mewn sawl twll gwahanol ac ar sawl coeden wahanol, ond heb gael unrhyw lwc. Nid corynnod mewn tai oedd y rhain. Doedd dim modd eu cornelu a'u gorfodi i fynd i mewn i flwch neu gwpan, neu redeg ar eu hôl o gwmpas y stafell nes iddyn nhw deimlo'n falch o gael eu dal a'u taflu allan. Roedd gan y corynnod hyn yr holl jyngl a'r holl fyd i ddianc iddo. Dychmygais fod pob un wnes i eu herlid wedi ymgasglu ar frigyn ucha'r goeden ac yn edrych lawr arna i gan chwerthin. Na, doedd dal corryn ddim yn mynd i fod mor hawdd ag roeddwn wedi ei ddychmygu.

Erbyn hyn roeddwn i wedi blino'n rhacs ac yn teimlo fel rhoi'r gorau iddi. Efallai mai syniad hollol wallgo oedd hyn yn y lle cyntaf. Pwy oeddwn i'n feddwl oeddwn i'n dod i ochr arall y byd i chwilio am gorryn y ffidil er mwyn dwyn mymryn o'i wenwyn? Penderfynais mai'r peth gorau fyddai mynd yn ôl at y grŵp a mynd 'nôl i'r gwesty. Efallai y gallwn feddwl am ffordd arall o gael gafael ar y corryn a dod yn ôl eto fory gyda phen clir a ffres ar ôl noson o gwsg.

Oedais ac oeri drwof. Roedd rhywbeth o'i le. Doedd lleisiau gweddill y grŵp ddim i'w clywed o gwbl. Trois yn ôl er mwyn ceisio mynd yn ôl atyn nhw. Ond i ba gyfeiriad? Doeddwn i ddim wedi gadael olion traed. Ond roeddwn wedi cerdded mewn llinell syth. Byddai'n hawdd i mi ffeindio fy ffordd yn ôl. Es i at y goeden wreiddiol y crwydrais tuag ati. Ond ai honno oedd yr un wreiddiol? Roedd twll yn ei rhisgl, ei bôn fel siâp silindr ac roedd hi'n dal iawn, iawn. Ond ai honno oedd hi? Os mai honno oedd hi, roeddwn wedi dod ati hi o'r dde.

Cerddais i'r dde. Dim sôn am y grŵp. Dim llwybr nac olion traed neb chwaith.

Roeddwn wedi ymgolli gymaint yn y chwilio mae'n rhaid i mi gerdded yn bellach ac yn fwy igam-ogam nag oeddwn i wedi'i sylweddoli. Cofiais am ddigwyddiad pan oeddwn yn nofio yn y môr yn blentyn, yn meddwl 'mod i'n union o flaen lle'r oedd Mam yn eistedd ac yn mwynhau'r dŵr, yn breuddwydio â'm pen yn y cymylau. Pan benderfynais 'mod i wedi cael digon ac am fynd yn ôl i'r lan roedd y llanw wedi fy nghario gymaint i'r chwith nes 'mod i'n bell, bell o'r man lle gychwynnais i.

Yr un oedd yr ofn yn y jyngl. Y gwahaniaeth y tro hwn oedd fod yna ddim rhieni i nofio ataf i f'achub.

'Helô?' Clywais fy llais yn adleisio rhywfaint. Neu ai sŵn mwnci oedd e? Neu dwcan?

Llyncais fy mhoer. Lle'r oedd pawb?

'Help!' gwaeddais. 'Ble mae pawb? Helpwch fi!'

Dim ateb. Gweddïais y byddai Pedro, y tywysydd, yn dod i fy achub, yn fy nghlywed yn gweiddi wrth iddo sylweddoli bod un yn llai yn y grŵp. Cofiais wedyn nad oedd Pedro wedi cyfri nac wedi cymryd rhyw lawer o sylw o unrhyw un. Sefais yn fy unfan am funud. Gallwn glywed fy nghalon yn curo drwy bob modfedd o fy nghorff. Roedd fy mhen yn pwnio. Ni ddaeth neb. Roedden nhw i gyd wedi anghofio amdana i. Neu falle nad oedden nhw wedi sylwi arna i yn y lle cynta.

Edrychais lawr a gweld morgrugyn anferth yn cerdded dros fy mhymps llaith. Dechreuais redeg, rhwng y coed, gwasgu trwy'r brigau tamp, chwalu'r dail ar y llawr a'r gwair hir. Ond doeddwn i ddim yn gwybod i ble'r oeddwn i'n rhedeg. Efallai 'mod i'n rhedeg yn ddyfnach mewn i'r jyngl. Oedais. Allan o wynt. Beth yn y byd oeddwn i wedi ei wneud? Beth oedd yn bod arna i? Gallwn gicio fy hun am fod mor naïf â chrwydro ar fy mhen fy hun i ganol y jyngl. Dim ond fi fyddai wedi gallu colli'r criw. Pwy yn ei iawn bwyll fyddai'n gwneud hyn? Cydiais yn fy ffôn. A chofio. Doedd dim signal.

Cerddais. Cerddais. Cerddais. Roedd y dagrau a'r chwys a'r llwch yn brifo fy llygaid. Chwipiais weiriach hir o'r ffordd gyda fy mreichiau. Es i drwy wair hir, gwair byr, gwair garw a choslyd, gwair pigog, gwair llawn drain oedd yn crafu fy nghoesau. Teimlais wreiddiau a dail a graean yn crensian dan fy nhraed. Efallai fod nadroedd yna. Efallai ddim. Roedd dail yn hongian fel llenni ym mhob man, a drain yn rhwygo fy mreichiau a fy mhengliniau. Wrth stryffaglu yn fy mlaen trewais fy mhen ar gangen isel a theimlo gwaed yn llifo i fy llygaid, ond doedd gen i ddim y nerth na'r awydd i'w sychu oddi yno. Yna baglais ar wreiddyn mawr a sgathru'r ddwy ben-glin a'r ddau benelin.

Gwaeddais. Gwaeddais. Gwaeddais nes i mi golli fy llais. Doedd dim sôn am neb. Oedd hyn wir yn digwydd? Oeddwn i wir yma? Yn y jyngl ar fy mhen fy hun? Neu ai hunllef oedd hwn? Efallai y byddwn i'n deffro mewn eiliad. Oeddwn i'n colli arnaf i fy hun? Doedd dim sôn am un bod dynol ond fi. Dim llais. Dim wyneb. Dim byd. Dim ond fi'n cerdded ar fy mhen fy hunan mewn jyngl. Cerdded. Cerdded. Cerdded. Crio. Roedd fy anadliadau'n fratiog. Roeddwn i'n methu llyncu'n iawn. Roedd rhywbeth yn cosi fy nhrwyn. Gwelais mai gwe cor oedd e. Roedd gwe cor ym mhob man. Roeddwn yn cyffwrdd ynddo. Ond doedd dim ots gen i. Doedd hynny'n ddim.

'Ken!' gwaeddais. 'Ken, plis, helpa fi. Plis!'

Ddaeth dim ateb, wrth gwrs.

22

Roedd Ken a minnau wedi adnabod ein gilydd ers mis ac wedi ymblethu i fywydau'n gilydd bron heb i ni sylwi. Roedden ni'n parhau'n annibynnol ond eto'n un. Dau wahanol wedi uno'n gyfforddus fel dau ddarn o ddefnydd mewn cwrlid clytwaith. Gwahoddodd fi i'w wylio'n chwarae gyda'i fand mewn ambell i dafarn, a minnau'n mwynhau'n fawr. Roedd yntau wedi bod yn fy nhŷ am swper ond wedi gyrru adre yn barchus bob tro. Gwelwn fy hun yn rhywun arall yn ei gwmni, fel petawn i'n dweud geiriau pobl eraill wrth siarad. Dynwared neu ddyfynnu, bron. Dweud geiriau Saesneg, fel plentyn yn efelychu cymeriadau cartŵn. Pam na allwn i fod yn fi? Yn Muriel?

Roedd y ffaith 'mod i'n casáu fy enw o bosibl yn awgrymu 'mod i ddim wedi dod i delerau â phwy oeddwn i. Oeddwn i'n adnabod fy hunan? Yn gwybod pwy oeddwn i? Sut allwn i ddisgwyl ymlacio ac ymroi i berthynas ddyfnach gyda Ken os nad oeddwn i'n gallu bod yn naturiol? A phwy oedd Ken? Roedd yntau hefyd yn casáu ei enw ac roedd hynny yn ein clymu. Roedd rhywbeth yn debyg yn y ffaith fod y ddau ohonom yn dal dig at ein mamau am roi enwau mor hen arnon ni.

'Byddai enw Cymraeg wedi bod yn neis,' meddai Ken. 'Rhywbeth fel Mihangel.'

'Ie, ond does dim hyd yn oed rhaid iddo fod mor Gymraeg â 'ny!' atebais i. 'Byddai Siân yn iawn. Neu Catrin.'

'A Gareth i fi.'

Roeddem yn agosáu ond roedd rhywbeth yn ein cadw ar wahân. Ofn efallai? Parch at ein gilydd? Oedden ni'n ormod o ffrindiau i fod yn gariadon? Roedd y ddau ohonom wedi mynd ar goll braidd yn y berthynas.

Yna, un noson, fe es i yn llythrennol *ar goll*. Gyrru 'nôl oeddwn i o briodas ger Hirwaun ar draws y comin gan geisio dod o hyd i fy ffordd i'r M4. A minnau heb yrru mwy na rhyw filltir ar y comin dechreuodd y niwl ddisgyn fel mwg o'm blaen. Dal i yrru wnes i gan droi'r goleuadau i'r pŵer uchaf a cheisio canolbwyntio ar y gyrru. Ymhen munudau, sylweddolais fod y niwl yn mynd yn fwy trwchus. Daliais i yrru, yn araf iawn, iawn, a throis y radio 'mlaen i gael sŵn yn gwmni. Doedd y radio ddim yn gweithio. Yna, cefais y teimlad rhyfeddaf. Roedd y niwl fel petai wedi cropian mewn i'r car a'm hamgylchynu fel blanced drwchus. Allwn i ddim gweld unrhyw beth o fy mlaen nac o'm cwmpas, dim ond gwynder.

Gwasgais fy nhroed ar y brêc a daeth y car i stop gwichlyd, tamp. Cydiais yn fy ffôn symudol. Ond doedd dim signal. Dim byd. Dyna'r ofn mwyaf i mi ei deimlo erioed – popeth yn cau amdanaf. Allwn i ddim hyd yn oed weld y lôn bellach. Beth allwn i ei wneud? Roedd ofn arna i gamu allan o'r car. Penderfynais fynd yn fy mlaen yn araf bach gan obeithio cyrraedd pen fy nhaith. Ond bellach allwn i ddim gweld y lôn nac unrhyw ymylon i'r lôn. Dim byd. Roeddwn yn gyrru'r car yn ddall. Beth petai dibyn ar un ochr? Doeddwn i ddim yn meddwl bod un, ond allwn i ddim bod yn siŵr.

Gyda fy nghalon yn curo'n drwm a'm hanadliadau fel rhwygiadau yn fy ysgyfaint, fe lwyddais i frwydro ymlaen. Gyrru i bobman. Gyrru i nunlle. Gyrru i'r man gwyn man draw, drwy'r man gwyn. Dyna'r agosaf i mi deimlo at farw.

Yna, fel petai rhywun wedi cynnau golau ar noson ddu, gwelais lôn yn ffurfio o'm blaen. Dechreuodd y niwl godi fesul diferyn ac fe welais fod signal ar fy ffôn eto. Stopiais eto a ffonio Ken.

'Dwi methu gweld. Mae'r niwl mor drwchus!'

'Ble rwyt ti?'

'Rhywle rhwng Hirwaun a Penderyn.'

'Ddo i i dy nôl di.'

'Dwi ddim yn gwybod ble'r ydw i.'

'Dalia i yrru.'

'Dwi ddim yn gwybod i ble dwi'n mynd.'

'Wyt. Mae gen i ffydd ynot ti.'

Llyncais fy mhoer.

'Mae ofn arna i, Ken.'

'Dwi'n addo y byddi di'n iawn ac y cyrhaeddi di ben y siwrne. Dwi'n gwybod y gwnei di.'

Ochneidiais.

'Muriel, paid â bod yn ofnus.'

Aildaniais y car a gyrru adre, yn llawn gobaith.

Cyrhaeddais y tŷ ac roedd Ken tu allan yn ei gar. Cerddodd ata i gyda photel o win a bag o sglodion. Gafaelodd ynof i. Roeddwn adre. Roeddwn yn gallu crio. Torri fy nghalon. Crio dros bethau ddigwyddodd ymhell bell yn ôl. Fi oedd fi o'r diwedd. Aeth y ddau ohonom i'r tŷ. Arllwyson ni win a bwyta'r sglodion allan o'r papur gyda'n bysedd. Yfon ni'r gwin fel petai'n bop coch. Y ddau ohonom fel y Joker yn *Batman*, yn rhuddem ein gwefusau ac yn chwerthin yn braf ar ddim byd.

Codais ac arwain Ken i fyny'r grisiau i'r gwely. Roedd y ddau ohonon ni'n ymddwyn fel petai'r sefyllfa'n ail natur i ni, yn toddi i'n gilydd ac yn ochneidio ym melyster ein caru. Cyrhaeddais i'r uchelfannau na wnes i erioed eu troedio o'r blaen. Ond hefyd, cyrhaeddais ryw adre roeddwn wedi bod yn hiraethu amdano erioed, heb yn wybod i mi fy hun.

23

Criais a chrwydrais mewn cylchoedd fel merch fach. Yna aeth yr haul i lawr fel carreg danbaid a daeth tywyllwch tywyllach nag a welais erioed. Doedd dim gwyll, dim awr fach fwll o lwydni cynnes lle'r oedd pethau'n euraidd ac yn flinedig, dim ond düwch sydyn. Roedd y jyngl cartwnaidd, hardd a hyfryd gynt bellach wedi cymryd gwedd hollol wahanol. A dyna pryd dechreuodd y panic. Calon yn curo, anadliadau'n byrhau ac yn dwyn hunllefau i mewn i fy ysgyfaint. Yn fy mrifo, yn amddifadu fy mhen rhag meddwl yn glir. Beth allwn i ei wneud? Roeddwn yn mynd i farw. Roedd anifail yn mynd i fy mwyta.

Gafaelais yn y goeden agosaf oedd â changen neu ddarn o risgl oedd yn ddigon isel a soled i mi osod fy nhroed arni, a dechrau dringo. Taflais y rycsac i fyny'n gyntaf, yn falch o gael gwared o'r pwysau. Yna dringais wysg fy nhin, yn lletchwith gan rwygo'r croen ar fy nghoesau. Cydiais yn y gangen gryfaf uwch fy mhen a thynnu fy hunan ati ac eistedd arni. Roedd hi'n gangen wastad ac roedd un arall wastad wrth ei hochr. Tynnais fy mhengliniau ataf a gwneud fy hun mor fach â phosib, yn un â'r canghennau. Roeddwn yn crynu ond tybiwn 'mod i'n gymharol ddiogel.

Diogel? Mewn jyngl?

Diogel rhag anifeiliaid ar bedair coes o leiaf. Efallai. Arafodd fy anadliadau rhywfaint. Ac ar yr eiliad yna, daeth yr ysfa i hedfan yn ôl ataf, yn gryfach nag erioed o'r blaen.

Beth oedd gen i? Rycsac, dyna i gyd. Estynnais am hwnnw oedd wedi ei sodro rhwng y canghennau. Yn y rycsac roedd: poteli o ddŵr (tair). Dwy rôl gaws a chreision roeddwn wedi eu prynu ar y bws. Bar o siocled a bisged. Afal. Mango. Gwm cnoi. Losin siwgr barlys. (Roeddwn wastad yn cario'r rheiny ers fy nyddiau yn y siop er mwyn cael egni neu rywbeth i'w wneud ar adegau o argyfwng neu siwrneiau hir.) Pwrs ag arian ynddo. Ffôn symudol (heb signal, ond gyda batri gweddol lawn, diolch byth). Cardigan. Tisiws. Colur. Beiro. Offer dal a chludo corryn. Chwistrell a photeli bach. Y map roddodd Manuel i mi yn yr amgueddfa (dim digon manwl i mi ddod o hyd i fy ffordd allan o'r jyngl). Cortyn (trwy ryw ryfedd wyrth). Sanau sbâr. Blanced ysgafn ar gyfer teithio, clustog deithio fach iawn a *poncho* glaw godais i ym mhabell S4C ryw flwyddyn yn yr Eisteddfod. (Roeddwn wedi darllen bod glaw yn bosibl yn y jyngl ac wedi ei bacio rhag ofn.) *Llyfr Corynnod y Mwmbwls.*

Cofiais am ddarlleniad roeddem yn ei glywed bron yn wythnosol yn y gwasanaeth boreol yn yr ysgol. Stori am fachgen oedd yn gorfod clirio cae llawn o gerrig a doedd ganddo ddim syniad ble i ddechrau. Dywedodd ei fòs wrtho am ddechrau wrth ei draed. Dyna wnes i. Edrychais i lawr o'r gangen ac ar y ddaear dywyll a cheisio gweld beth oedd ar lawr yng nghanol y gwyll. Brigau a changhennau o bob maint. Rhai yn fwy na fi. A fyddai modd eu casglu a gwneud rhyw fath o guddfan, efallai? Dyna syniad twp. 'As if.' Dyna fyddai Ken wedi'i ddweud wrtha i.

Ystyriais yr opsiynau oedd gen i. Eistedd yn fan hyn nes i mi syrthio i ffwrdd, neu grwydro yn y tywyllwch. Penderfynais mai aros yma fyddai orau. Waeth i mi roi cynnig ar adeiladu rhyw fath o orchudd neu guddfan fach rhwng canghennau'r goeden i fy amddiffyn neu o leiaf i wneud i mi deimlo'n fwy diogel. O leiaf byddai hynny'n fy nghadw'n brysur. Ac yfory (os byw ac iach), byddai gen i ddiwrnod newydd i grwydro yng ngolau dydd a gobeithio dod o hyd i lwybr allan o'r hunllef a mynd adre. Wfft i'r corynna gwirion yma.

Tynnais y cortyn o'r rycsac a'i roi yn fy mhoced cyn neidio i lawr. Gyda'r golau ar fy ffôn casglais brennau o'r llawr a'u clymu gyda'i gilydd. Doedd gen i ddim syniad beth yn union i'w wneud, ond cofiais am wersi gwnïo yn yr ysgol gynradd pan oedd rhaid i ni i gyd greu mat bach trwy weu edafedd trwy dyllau mewn defnydd hesian. Clymais bob pen i'r brigau a phlethu brigau eraill drwyddyn nhw fel rhyw fath o rafft. Dwi'n siŵr i mi eistedd am oriau yn plethu prennau at ei gilydd ond dyfal donc a dyr y garreg. Yn y diwedd, a minnau wedi ymlâdd, doedd gen i ddim ond rhyw rafft dyllog, ddi-siâp. Dim iws i neb. Ond roedd yn un ddigon mawr. Efallai y gallwn ei gosod rhwng y ddwy gangen ac eistedd arni.

Dyna'r cwbl. Ond roedd eisiau rhywbeth o fy amgylch ac uwch fy mhen. Allwn i ddim creu rhagor o'r rafftiau sgwâr, byddwn i yma tan Ddydd y Farn. Cydiais yn fy rycsac a thwrio drwyddo. Mae'n rhyfedd sut mae pethau cyffredin yn cymryd gwedd newydd mewn argyfwng. Y *poncho*. Tynnais y gorchudd plastig allan a'i daenu dros y canghennau uwch fy mhen. Doedd e ddim yn fawr ond roedd yn ddigon i wneud i mi deimlo ychydig yn well. Roeddwn yn gwybod y diwrnod hwnnw yn yr Eisteddfod y byddai'n dod yn handi rhyw ddiwrnod. Yn y jyngl – pwy fyddai wedi meddwl? Yna rhoddais fy nghardigan dros gangen arall fel bod o leiaf un ochr gen i rhyngof a'r byd. Rhywle i orwedd. Roeddwn wrth fy modd.

Pwy feddyliai y byddai adeiladu cuddfannau pan oedden ni'n blant yn gymaint o help? Dwi'n cofio dod o hyd i goeden yn y parc gyda fy mrawd ac roedd cangen drwchus yn tyfu'n llorweddol tua hanner ffordd i fyny'r goeden. Wedi dwyn ysgol gan Dad, garion ni goed i fyny a'u gosod ar y gangen, eu clymu'n sownd a hoelio ochrau iddyn nhw. Lwyddon ni i greu cuddfan wych gyda tho hefyd. Bydden ni'n dringo yno ar bnawn dydd Gwener ar ôl ysgol ac yn cario bwyd a diod yno, gan esgus ein bod ni'n gymeriadau yn un o nofelau Enid Blyton. Doedd neb yn bodoli yn y byd oni bai amdanon ni'n dau. Brawd a chwaer yn erbyn y byd. Fydden ni ddim wir yn siarad, nac yn cael rhyw anturiaethau mawr, dim ond gorwedd yno'n darllen a bwyta ac yfed pop. Gwylio adar a gwiwerod. Gwrtharwyr, os bu rhai erioed. Dwi'n cofio ceisio mynd yno yn y gaeaf un tro, a'r holl bren yn llithrig. Es i â blanced a chlustog ond oeri wnes i mewn munudau. Da i ddim yw cuddfan yn y coed yn y gaeaf, oni bai bod gennych blu.

Cofiais am goeden y Ceiba. Roedd ei blagur yn cael eu defnyddio i stwffio clustogau. Dyna syniad hyfryd. Neidiais i'r llawr eto a chwilio am goeden. Roedd ei brigau'n rhy uchel i mi eu cyrraedd. Roedd rhaid dringo eto. Llwyddais i gyrraedd un brigyn lle'r oedd sawl blaguryn. Tynnais y brigyn tuag ataf a'i ysgwyd nes i chwech neu saith o'r blodau syrthio i'r llawr. Ac o edrych yn ofalus gyda golau'r ffôn, sylweddolais fod llwyth ohonynt ar hyd llawr y jyngl. Roedden nhw wastad wedi bod yno, a minnau heb eu gweld. A nawr 'mod i wedi gweld un, roeddwn yn eu gweld i gyd – fel y sêr. Cydiais mewn pentwr ohonynt a'u cario 'nôl at y guddfan. Agorais un o'r blagur. Ynddo roedd yr anrheg gorau i mi ei gael erioed. Gwlân cotwm ysgafn gwyn hyfryd. Gwely o blu. Agorais y blodau i gyd a'u taenu dros y llawr pren roeddwn wedi ei greu rhwng y ddwy gangen. Roedd hi'n noson mor llonydd nes bod y plu i gyd yn aros yn eu hunfan, fel carped.

Teimlais ryw wefr o fod wedi cyflawni rhywbeth. Roedd gen i guddfan o ryw fath. Rhywle i gadw'n gymharol ddiogel. Ond beth oeddwn i'n mynd i'w wneud o ran tŷ bach? Beth oedd pobl yn ei wneud yng nghanol jyngl? Doedd ond un peth amdani! Dringais i lawr y goeden a chyrcydu tu ôl iddi a phisio. Pam oedd rhaid mynd y tu ôl iddi, dwi ddim yn gwybod. Doedd yr un enaid byw yn mynd i fy ngweld. Pisiais fel y byddwn i a fy ffrindiau ysgol yn ei wneud tu allan i gigs Steddfod 'slawer dydd pan oedd gormod o giw yn y tai bach.

A minnau heb amheuaeth yn un â natur, dringais yn ôl i fy nghuddfan, gosodais fy mlanced a'r glustog ar y llawr ac eistedd yn gyfforddus, yn myfyrio ar synau'r rhialtwch newydd a swreal oedd o fy amgylch.

24

Clywais sŵn crafu. Trois olau'r ffôn ymlaen a gweld wyneb yn syllu arna i yn y tywyllwch. Rhewais.

Mwnci. Oedd mwncïod yn beryglus? Ni thynnodd ei lygaid oddi arna i. Dwy lygad fawr frown, garedig. Rhoddodd rywbeth ar y llawr o fy mlaen. Rhywbeth yn debyg i fango. Estynnais fy llaw at y mwnci ond neidiodd i gangen uwch gan hongian yno ag un fraich, yn dal i syllu arna i. Am ryw reswm roedd yn fy atgoffa o Ken. Yr holl droeon y galwais i Ken yn fwnci am iddo wneud rhywbeth gwirion a dyma fi nawr yn ei weld yn y mwnci. Roedd e'n gwylio drosta i. Roedd hi fel petai'r jyngl a'r mwncïod a'r corynnod wedi bod yn disgwyl amdana i ers amser maith. Disgwyl i mi eu darganfod nhw a'r hyn y gallen nhw ei wneud i helpu. Disgwyl i bobl weld eu rhinweddau i achub dynoliaeth. Fel trydan yn aros i gael ei ddarganfod gan ddyn 'slawer dydd. Neu fel tonfeddi radio. Neu siâp yr olwyn. Roedden nhw wastad yno, yn aros. Ai fi oedd yr un i ryddhau'r cariad yn yr anifeiliaid hyn? Chwalu'r wal rhwng dyn ac anifail, rhwng menyw a chorryn? Beth oedd Ken y Mwnci yn ei weld a minnau fel merch fach ar goll, fy ngwallt hir wedi ei glymu yn ôl yn syml rhag y gwres a'r chwys?

Wedi sylweddoli bod Ken y Mwnci yn ddiniwed, anadlais yn hamddenol eto. Estynnais fy rycsac a chwilio am fwyd a dŵr. Dim ond llwnc bach o ddŵr er mwyn sicrhau bod digon gen i. Rhoddais un losinen siwgr barlys yn fy ngheg a'i sugno. Byddai'n rhaid i hynny wneud y tro am nawr. Doedd wybod pryd byddwn i allan o fan hyn, felly rhaid oedd dogni bwyd.

Roeddwn yn gallu gweld gweoedd uwch fy mhen fel canopi, fel rhaffau, fel rhwydi neu fel trapiau. Fe allai corynnod fy nal i a fy rhwymo i gyda'u gwe. Ond roedden nhw'n dewis peidio, diolch byth. Yn ôl Ken a'i ffeithiau difyr, roedd manteision dirifedi i we hefyd. Llwyddodd ymchwilydd o Japan, Dr Shigeyoshi Osaki, i gynhyrchu tannau ffidil gan ddefnyddio sidan corryn yn 2012. Er mwyn ffurfio pob tant fe greodd dri thant allan o rhwng 3,000 a 5,000 o edeifion sidan. Mae chwaraewyr y ffidil arbennig yma'n honni bod gan y tannau sain hyfryd a mwy meddal sy'n wahanol i ddeunyddiau traddodiadol sy'n creu tant.

Roeddwn wedi blino'n ofnadwy. Rhoddais fy mlanced drosta i, tynnu'r pymps ysgafn, tamp oedd am fy nhraed a gorwedd 'nôl. Roedd hi'n braf bod yn droednoeth ar ôl yr holl gerdded yn y gwres. Roeddwn yn fwy nerfus bod y guddfan yn mynd i syrthio oddi ar y goeden erbyn hyn nag oeddwn i am y corynnod. Ond yn rhyfedd iawn, daeth cwsg drosta i'n syth. Rhyw hanner cwsg yn gafael ynof i, y math o gwsg lle'r oeddwn yn dal yn ymwybodol o ble'r oeddwn i.

Deffrais gyda naid. Pob gewyn mewn sioc. Roedd rhywbeth wedi fy nghnoi neu fy mhigo ar fy nhroed. Cydiais ynddi. Doeddwn i ddim yn gwybod beth i'w wneud. Beth oedd e? Defnyddiais olau'r ffôn eto i chwilio'r guddfan, ond doedd dim sôn am ddim. Magais fy nhroed yn dyner a rhwbio'r lwmp coch poenus oedd yn dal i chwyddo. Beth nawr? Beth allwn i ei wneud? Ai corryn oedd wedi fy nghnoi? Roedd cnoad gan gorryn yn gallu bod yn beryglus. Roedd fy meddyliau'n chwarae'r diawl â mi. Allwn i ddim cysgu. Am y tro cyntaf ers i mi gyrraedd, teimlais ddicter enbyd. Roedd hi'n annheg 'mod i'n fan hyn. Roedd yr hiraeth yn cnoi fy nghylla, yn fy mwyta i'n fyw. Yn amharu ar fy anadlu. Yn boen gorfforol.

Clywais gnocell y coed, ei churiadau fel sŵn bwledi. Clywais sgrech mwnci ymhell yn nyfnder y jyngl. Roedd ei hing yn brifo fel cyllell. Wylais gan ofn. Wylais mewn unigrwydd. Wylais mewn hiraeth ac wylais dros bopeth roeddwn yn mynd i'w golli rhyw ddiwrnod, doed a ddêl.

25

Meddyliais am gynnau tân. Dwi'n gallu cynnau tân drwy daro cerrig yn erbyn ei gilydd. Dad oedd meistr yr awyr agored pan oeddem yn blant ym Mhort Talbot. Fel gŵr o'r Bala roedd e wedi arfer bod allan yn cerdded. Un Pasg heulog fe gerddon ni lawr i'r traeth o'n tŷ ni. Aethon ni ben bore, pob un ohonom yn cario bag ar ein cefn a bwyd ynddo. Gan Dad oedd y bag trymaf a doedd e ddim yn fodlon datgelu beth oedd yn y bag. Roedd Mam yn cario dŵr, llwyth o ddŵr a hetiau haul. Roedd fy mrawd a minnau'n gwisgo'r un dillad. Tracwisg goch gyda streipen wen yn rhedeg lawr yr ymyl o'r ysgwyddau i'r traed. Dan y dillad yma roeddem yn gwisgo siorts a chrys-T. Doedd yr haul ddim yn boeth iawn pan adawon ni, ond roeddem yn chwys domen ar ôl rhyw ddeg munud o gerdded wrth i'r haul godi'n stŵr o boeth uwch ein pennau. Dwi ddim yn cofio llawer o sôn am eli haul yn y dyddiau yna. Roedd bod yn frown yn rhywbeth i fod yn falch ohono ac yn destun canmoliaeth. Byddem yn ceisio'n gorau i beidio gwisgo'n hetiau haul hefyd. Brownaf i gyd, gorau i gyd. Dwi'n cofio dod 'nôl o wyliau yn Sbaen a phwdu am fod cymydog wedi dweud bod fy mrawd yn fwy brown na fi.

Ta waeth, roedd y wâc hir yma at y môr yn daith na fyddai'r un ohonom yn ei hanghofio fyth. Ddim am fod unrhyw beth o bwysigrwydd mawr wedi digwydd, ond am ein bod wedi gwneud rhywbeth mor wahanol i'r arfer. Cawsom gofleidio'r awyr agored a throedio'r tywod cynnes, coslyd, a throi ein hwynebau gwyn at yr haul cryf cyn mynd yn ein blaenau fel milwyr. Roedd y wâc hefyd yn gyfle i Mam a Dad ddal dwylo. Byddai'r ddau'n gwenu ar ei gilydd wrth sgwrsio'n hamddenol. Doedd fy rhieni ddim yn siaradus tu hwnt o beth dwi'n ei gofio. Rhyw fath o gariad tawel oedd rhyngddynt. Rhywbeth i'w edmygu.

Fy mrawd gafodd yr afal yn wobr am fod y cyntaf i ddweud, 'Y môr!' A dyna lle'r oedd yr harddwch mwyaf erioed o'n blaenau. Mor agos ac eto mor bell. Dal i gerdded a'i weld yn agos ac yn bell ac yn agos eto. Mynd yn ein blaenau rhywfaint yn rhagor, a'r môr yr un mor bell ag yr oedd i gychwyn, cyn diflannu eto y tu ôl i un o'r twyni tywod mawr. A phan oedden ni wir yn meddwl na fydden ni fyth yn cyrraedd ac y byddai'n well gyda ni lwgu neu dagu i farwolaeth na dal i gerdded, dyma gyrraedd bwlch yn y twyni ... a dyna ble'r oedd y môr. Os na lwyddodd y daith i wneud unrhyw beth arall, fe lwyddodd i droi rhywbeth mor gyffredin a chyfarwydd â'n môr lleol ni yn un o drysorau mwya'r byd.

Y peth cynta wnaethon ni oedd gollwng y bagiau a rhedeg mewn dros ein pennau. Yna 'nôl i sychu ar dywelion brau a Dad yn rhoi ei law yn ei fag ac yn estyn ffreipan a phecyn o selsig, wedyn darnau o bren mân a phapur newydd. Mam yn gosod salad ar blatiau plastig a neb eisiau ei fwyta. Dad ddysgodd ni i gasglu cerrig llyfn a'u gosod mewn cylch i greu rhyw fath o bair, yna taro dwy garreg yn erbyn ei gilydd drosodd a throsodd a chynnau un o'r darnau papur newydd, gosod pren yn ei le mewn pentwr a chwythu ar y fflam fach nes bod y cwbl yn cydio'n dân. Gwyrth.

Roedd Mam yn casáu tân. Yn y dyddiau cyn trydan a gwres canolog, roedd hi'n cofio fy mam-gu'n codi yn y tywyllwch ac yn cynnau tân cyn i weddill y teulu godi. Byddai Mam-gu'n disgrifio'r boen gorfforol o roi dwy droed ar lawr pren y stafell wely ar fore rhewllyd neu laith pan fyddai'r gwynt yn cyrlio drwy'r ffenestri brau. Byddai hi'n cerdded ar hyd y landing gan geisio sefyll ar y matiau yn unig ac osgoi'r pren; yn sleifio i lawr y grisiau, gan osgoi'r ocheneidiau rhag deffro pawb, a mynd yn dawel ac yn fuan am y lle tân du. 'Does dim lle oerach na lle tân heb dân,' byddai Mam-gu'n dweud. Roedd ganddi'r profiad a'r angen i annog y darn papur lleiaf i gynnau mewn chwinciad. Roedd gallu fforddio trydan a gwres canolog fyddai'n rhoi dŵr poeth a golau a gwres fel gwyrth iddi. Pan fyddwn, yn fy ugeiniau cynnar, yn sôn bob hyn a hyn 'mod i am gael tân iawn yn fy nhŷ pan fyddwn yn setlo, byddai Mam-gu'n mynd i grynu drwyddi. 'Meddylia am y gwaith. Y dwst,' byddai'n dweud a'i meddwl yn amlwg yn neidio yn ôl at gyfnod tlawd. Cyfnod angen. Cyfnod gwneud pethau o reidrwydd i fyw.

Ceisiais fynd ati i gasglu prennau bach, ond roedd popeth yn damp – mae'n rhaid ei bod hi wedi glawio ychydig nosweithiau ynghynt. A dyma atgoffa fy hun nad yng Nghymru fach oeddwn i bellach, ond mewn gwlad bell ac estron. Dim tân. Dim ond cardigan a blanced a phlu. Ond roedd hynny'n ddigon. Am nawr.

26

Mae cariad yn wyrth. Dyw pobl ddim yn sylweddoli eu bod mewn cariad yn aml. Mae e'n ymddangos ynddyn nhw rywsut, yn dod yn rhan ohonyn nhw, fel dilledyn cyfforddus neu fel y pelydryn cyntaf o haul i ddangos bod y gwanwyn wedi dod. Neu fel tyfiant yn gafael yn raddol yng nghorff rhywun. Mae cariad ei hun yn bersonoliaeth, fel cwmni sydd gyda chi ddydd a nos. Fel babi mewn croth, dybiwn i.

Y tro cyntaf i mi weld Ken, doedd dim cariad yn agos. Roedden ni'n gyfforddus gyda'n gilydd. Daethon ni'n gariadon heb gariad. Ond un haf, aethon ni i wersylla pan oedd yr haul yn danbaid. Roedden ni wedi dod â photel o win gwyn gyda ni, a gan nad oedd oergell yn agos, doedden ni ddim yn mynd i allu yfed y gwin yn oer.

Gwnaeth Ken un weithred i wneud i mi syrthio mewn cariad ag e y diwrnod hwnnw. Nid achub fy mywyd. Nid ailgodi'r babell mewn storm. Nid sychu fy nagrau. Nid fy achub rhag unrhyw gorryn, chwaith. Na. Gosododd y gwin rhwng dwy garreg yn y nant i'w oeri. A dyna hi. Syrthiais mewn cariad. Roeddwn fel petawn i wedi gwthio'r drws yn gilagored ac wedi cael cip bach ar ryw opsiwn arall ar fywyd. Meddyliais cyn hynny i mi weld a theimlo pob dim roedd bywyd yn medru ei gynnig i mi. Ond na. Bellach roeddwn fel nyth morgrug o synhwyrau a theimladau. Bellach roeddwn wedi magu adenydd.

Byddai Ken yn gwybod yn iawn beth i'w wneud petai e'n styc yn y jyngl. Roeddwn yn trio fy ngorau i geisio meddwl yn fwy clir, ond roedd hynny'n mynd yn anos a hithau mor dywyll. Maen nhw'n dweud bod yr awr dywyllaf yn union cyn y wawr. Doeddwn i ddim yn medru cysgu er gwaetha'r gwely plu. Ac roedd y jyngl mor ddu. Mor, mor ddu. Fe wnaeth i mi gofio pa mor hir a thywyll yw'r nosweithiau. Mae rhywun sydd ddim yn gweithio shifftiau nos yn cymryd yn ganiataol bod y nos ar gyfer cysgu a'r dydd ar gyfer byw a gwneud pethau. Ond mae llawer i'w ddweud dros fod yn y tywyllwch. Roedd fy myd yn dawel y noson honno, fel byd arall. Fel petawn i wedi camu allan o fy mywyd ac yn edrych yn ôl arna i fy hun. Dyna, mewn gwirionedd, roeddwn i wedi ei wneud. Gwelais fy hun yn eistedd fel rhyw Robinson Crusoe yng nghanol y jyngl, mewn dillad oedd bellach yn dechrau rhwygo, yn glynu ata i, yn fudr ac yn dechrau drewi, siŵr o fod. Ac yn raddol, rhoddodd y tywyllwch gyfle i mi weld fy sefyllfa yn glir – rhoi pethau mewn persbectif a cheisio cael rhyw nerth i oroesi'r noson.

Sylweddolais 'mod i heb edrych yn y drych ers dyddiau. Sut olwg oedd ar fy ngwallt, tybed? Roedd fy nghroen yn teimlo'n ofnadwy o sych a llychlyd. Roedd fy llygaid hefyd yn sych ac yn llosgi. Roeddwn wedi blino y tu hwnt i flinder, fel petai blinder ei hun wedi penderfynu na allai fodoli ynof i. Doedd dim pwynt. Roeddwn yn rhy wag. Ie, gwag, dyna beth oeddwn i. Gwag, a fy synhwyrau wedi sychu yn yr haul fel pwll o ddŵr ar ardal greigiog o draeth. Pwll oedd yn llawn rhyfeddodau'r môr, microcosm o'r môr mawr, mawr – crancod bach, gwymon, llygaid meheryn, berdys a'u llygaid yn ddu a thryloyw ar yr un pryd, cregyn gleision ac ambell gocosen wen, pysgodyn petai'n ddigon anffodus. Yna'r haul yn dod a sychu'r dŵr a lladd y creaduriaid a hwythau'n aros yn amyneddgar i'r môr ddod 'nôl i'w casglu. Rhy hwyr. Yr haul wedi sychu pob un yn grimp a dim ar ôl yn y pwll ond llinellau halen gwyn yn gylchoedd ar y garreg. Druan â nhw. Dyna sut roeddwn yn teimlo yn yr oriau mân ar y bore hwnnw. Roeddwn i'n aros. Aros am bwy neu beth? Aros am dîm achub. Aros am gorryn. Aros fyddwn i hefyd, mae'n siŵr.

Cofiais yn sydyn 'mod i heb fwyta unrhyw beth ers oriau. Agorais y rycsac yn betrus gan obeithio fod 'na ddim pryfaid wedi llwyddo i fynd mewn iddo. Yn ffodus iawn, roedd dwy botel o ddŵr yn dal ar ôl, er braidd yn gynnes. Llowciais hanner un. Gallwn fod wedi llyncu'r cwbl, ond na. Roedd y bwyd roeddwn wedi ei bacio yno o hyd hefyd. Dim un morgrugyn wedi dod o hyd iddo eto. Lwcus. Llowciais yr afal a bwyta'r bol a'r hadau.

Doeddwn i ddim wedi gwneud hynny o'r blaen. Bwytais hefyd hanner y bar o siocled oedd gen i. Roedd hwnnw'n feddal ond yn flasus. Roedd gen i losin ar ôl ac awydd bwyta un, ond gwell eu cadw, rhag ofn.

27

Deffrais a dim ond düwch o fy mlaen a sŵn pryfaid o'm cwmpas. Roedd un ar fy mraich. Mosgito? Doeddwn i ddim yn gwybod. Doeddwn i ddim wedi dod â'r botel o hylif atal mosgitos. Doeddwn i ddim yn un o'u ffefrynnau, yn wahanol i Ken oedd yn dod adre o bob gwyliau yn lympiau coch, coslyd bob tro. Ond eto, efallai y byddai mosgitos y jyngl yn wahanol ac yn dod ar fy ôl yn un criw mawr gan 'mod i ar fy mhen fy hun yn eu tiriogaeth nhw.

Clywais sŵn hymian. Sŵn tician. Sŵn cnocell y coed. Sŵn pren. Sŵn y nos a sŵn distawrwydd ond eto, sŵn cysur. Edrychais i'r cysgodion a chlustfeinio ar y sŵn nes i mi ddechrau gweld siapiau'n ffurfio. Gwibiodd rhywbeth o fy mlaen, oedi a syllu arna i. Syllais yn ôl. Llygoden, falle. Roeddwn mor llonydd, roedd hi fel petai'r jyngl wedi fy nerbyn yn un ohonyn nhw. Tybed wnaeth yr holl greaduriaid syllu arna i drwy'r nos, fy mhwyso a fy mesur a dod i'r casgliad 'mod i'n iawn? Ddim yn fygythiad? Rhywsut, doedd dim ots gen i bellach. *Fi* oedd ar eu tiriogaeth *nhw*, felly croeso iddyn nhw wneud fel y mynnent. Edrychais yn fanylach ar fy nhraed gan ei bod yn goleuo cam ceiliog bob munud.

Roedd chwilod o'u cwmpas ac, am wn i, sawl corryn hefyd ond 'mod i'n methu eu gweld.

Ond sylwais gyda rhyfeddod fod haenen o sidan dros flaen y droed oedd wedi ei chnoi. O'i hastudio'n fanylach, sylweddolais mai gwe cor oedd yn ei gorchuddio. Bu bron i mi sgrechian. Yna sylweddolais fod y lwmp coch wedi lleihau rhywfaint. Doedd dim chwydd na marc yno. Roedd meddalwch y we fel petai wedi mwytho fy nghroen a'i wella. Ac roedd perffeithrwydd ac ysgafnder y we fel les berffaith dros fy nhroed. Fel esgid briodas.

Anadlais yn ddwfn ac yn araf. Roedd ildio i'r sefyllfa'n haws na brwydro yn ei herbyn. Roeddwn ym mhawen y jyngl a doedd dim dewis ond derbyn pethau, boed yn rhyfeddodau neu'n erchyllterau. A oedd agwedd mor ddi-hid yn arwydd o wallgofrwydd, tybed? Tynnais y gardigan oddi ar y brigau ac edrych o'm cwmpas, yn amsugno'r bore bach. Anadlais yn araf a daeth siapiau llwyd o'r mwrllwch. O'm blaen, roedd tyfiant syfrdanol. Roedd tegeirianau, rhedyn, cacti a bromelia. Arnynt ac oddi tanynt, fel breichledau, roedd igwanas, madfallod a phob math o ymlusgiaid eraill.

Yn sydyn, glaniodd rhywbeth o fy mlaen. Ken y Mwnci. Crafodd ei ben, codi ei gynffon, symud i'r chwith i gael golwg well arna i ac yna diflannodd i fyny'r goeden ar hast mawr. O fewn munudau, gallwn daeru fod y mwnci wedi dweud wrth holl anifeiliaid a chreaduriaid y jyngl fod dieithryn yn eu plith. Daeth dau dwrci o rywle, dau fwnci arall ac yna daeth mwncïod mwy o faint. Wedyn yr adar hardda'n bod. Twcaniaid, parotiaid lliwgar, ystlumod, twrcwn â phennau lliwgar fel petai hetiau ar eu pennau. Daeth mwy o igwanas, bach a mawr. Daeth tri charw bach coch ac armadilo heibio a gallwn daeru i mi weld neidr hefyd. Ond ddaeth honno ddim yn agos. A phan wawriodd hi ychydig mwy a golau dydd yn prysuro i gyffwrdd â llawr y jyngl, o fy mlaen daeth gwas y neidr i hedfan heibio fy mhen, ei adenydd yn arianlas yn haul y bore bach. Yn ei ddilyn roedd cwmwl o loÿnnod byw mawr oren a melyn. Doedd dim byd i'w ddweud, dim ond edrych ar lonyddwch yr harddwch hwn. Roedd sŵn y jyngl yn cynyddu fesul pelydryn haul. Sŵn hapusrwydd a phrysurdeb. Sŵn bywyd newydd na wyddwn i unrhyw beth amdano.

Roedd y wawr wedi torri bellach ac roedd y gwres yn creu ysbrydion o darth y bore. Roedden nhw'n dawnsio'n wyn o gylch godre pob coeden, blodyn a phlanhigyn. Oerfel yn cyffwrdd â'r haul fel dwylo'r meirw. Ai rhywbeth fel hyn oedd marwolaeth? Neu ai rhywbeth fel hyn oedd gwir fyw? Dim llais nac wyneb un bod dynol arall. Dim ond fi. Edrychais i fyny ar yr awyr las, las, bur a theimlo mor ffodus, mor falch 'mod i'n bodoli. Hyd yn oed os mai dim ond am eiliad yr ydym yn bodoli mae hi'n eiliad werth ei chael. Ac ar yr eiliad honno o'r diwrnod hwnnw, gallwn fod wedi aros yn fy unfan, ar wely o frigau a blagur, gyda dim byd ond rycsac a morgrug yn dringo drosta i a'm croen yn pigo wedi i bryfaid wledda arna i, am weddill fy oes.

28

Mae rhai corynnod benywaidd yn cael rhyw gyda'r corryn gwrywaidd er mwyn beichiogi. Yna maen nhw'n ei ladd. Mae'r gorynferch felly'n ffeminist. Mae hi'n bwerus ac mae corynnod gwrywaidd yn ei hofni, yn ei haddoli. Hi yw'r bòs. Am y rheswm yma, ddylwn i ddim ofni corryn. Doeddwn i ddim yn gwybod a oeddwn i'n ffeminist. Roeddwn yn credu mewn hawliau merched ond doeddwn i ddim yn berson cryf. Ddim yn arwres. Ddim yn arweinydd. Doedd gen i ddim syniad sut i fynd ati i dorri tir newydd. Ac roeddwn i wedi dod o dan bŵer creulon, nid dyn arall ond merch arall, un tro.

Pan oeddwn yn yr ysgol uwchradd, penderfynodd un athrawes, sef fy athrawes Gymraeg, ei bod hi ddim yn fy hoffi o gwbl. Roedd hynny'n amlwg yn y marciau roedd hi'n eu rhoi i mi. Roeddwn yn greadigol, yn fyrlymus â digon o ddawn i ysgrifennu. Straeon cyffrous am blanedau eraill, straeon rhyfeddol am gymeriadau hardd a dewr, merched oedd yn gwneud fel y mynnent, yn torri eu cwysi eu hunain. A merched oedd yn ddigon hyderus i fod yn ferched. Merched a allai ddawnsio a brwydro ar yr un pryd. Roeddwn yn chwythu fy syniadau lliwgar ar hyd y lle fel paun yn agor ei blu.

Ond doedd Laura Collins ddim yn fy ngweld yn greadigol. Ddim o gwbl. Roedd ei marciau a'i sylwadau yn negyddol bob tro, a minnau'n greadigol hyd fêr fy esgyrn. Doeddwn i ddim yn gwybod llawer, ond roeddwn yn gwybod 'mod i'n haeddu gwell na'r hyn a gefais gan Laura Collins. Pan sylweddolais i hynny, roeddwn yn benderfynol o'i pherswadio i fy hoffi. Byddwn wedi rhoi fy syniadau yn rhoddion gwerthfawr iddi. Cyflwyno'r byd i gyd iddi. Ond roedd hi wedi gwneud ei phenderfyniad a doedd dim modd newid ei meddwl hi. Roeddwn yn serennu ym mhob pwnc oni bai am ei phwnc hi. A Chymraeg roeddwn i am ei astudio yn y brifysgol. Roeddwn mewn cariad â'r pwnc, fel petai'n brwydro i ddod ata i, ond roedd Laura Collins yn ei rwystro. Dyna beth rhyfedd oedd hynny. Roeddwn yn blentyn da. Angylaidd, hyd yn oed. Doedd gen i ddim rheswm i fod yn rebel. I beth? Roeddwn yn hapus, o gartref braf, teulu cefnogol a charedig. Caredig. Roeddwn yn ysgafn fy nhroed, yn awyddus i blesio. Yn gytbwys fy meddwl a fy naliadau. Roeddwn yn hoffi'r athrawes hon yn fawr, ond difethodd hi inc fy nychymyg fel dafn o boer. Rhwygodd fy straeon yn deilchion. Pylodd fy lluniau a duodd fy lliwiau.

Mae cael eich casáu heb i chi wneud unrhyw beth i haeddu hynny yn ddinistriol i'r enaid. Aeth fy nyddiau yng ngwersi'r fenyw yma yn fwy poenus fyth wrth i'r flwyddyn fynd yn ei blaen. Roeddwn yn mynd i'r ysgol yn frwdfrydig, i ddechrau, ac yn awyddus i ddysgu gan mai dyna'r math o blentyn oeddwn i. Dwi'n cofio cerdded i'w dosbarth a gwenu arni. Yr hyn a gefais yn ôl oedd, 'Gei di dynnu'r wên yna oddi ar dy wyneb. Ti'n dda i ddim i neb.' Dyna'r ffordd i chwalu rhywun.

Mae merched yn cael eu sathru gan ddynion. Mae merched hefyd yn cael eu sathru gan ferched. Hyd heddiw, dwi ddim yn deall beth wnes i o'i le i dynnu'r fenyw yma am fy mhen. Ar ôl misoedd ar fisoedd o'i chael yn creu tolc ar ôl tolc ynof i, roedd hi wedi llwyddo i rwygo fy mhen. A dwi'n gwybod – a byddaf yn gwybod hyd ddiwedd fy oes – beth yw colli hyder. Colli hyder yn raddol bach. Roedd cerdded mewn i'r dosbarth yn anodd, wedyn roedd cerdded o gwmpas yr ysgol ac ofni ei gweld yn anodd, wedyn roedd rhoi un droed o flaen y llall yn anodd, wedyn roedd codi o'r gwely yn anodd, wedyn roedd bwyta yn anodd, wedyn roedd cysgu yn anodd ac amser hamdden tu allan i'r ysgol yn anodd. Yn y pen draw, doeddwn i ddim yn adnabod fy hun ac roedd bod yn fi yn anodd. Roeddwn yn hanner bodoli ac eisiau ymddiheuro am fy mhresenoldeb a'm bodolaeth. Fel petawn i'n gorfod profi fy ngwerth ar y blaned. Roeddwn yn ddim. Alla i ddim anghofio hynny.

Felly pan mae pobl yn clodfori menywod cryf, dwi'n cofio am yr athrawes yna a ddefnyddiodd ei phŵer i frifo plant. Ond fe ddysgais beth oedd crafu fy ffordd yn ôl o'r twll du.

29

Wrth eistedd yn fy nghuddfan, gwelais fod rhywbeth newydd wedi ymddangos yn y gornel, fel plethwaith anferth. Roedd gwe cor yn gylch enfawr, cyflawn wedi ei greu yn berffaith, gyda'r un gofodau rhwng pob un edau a'r cymesuredd yn berffaith. Roedd dafnau o wlith ym mhelydrau'r haul yn gwneud i'r we edrych fel rhes o oleuadau bach. Rhyfeddod brawychus.

Yn union yn y canol, yn gorffwyso fel llew mewn ffau roedd corryn. Roedd y corryn yn fy llygadu. Bu bron i mi sgrechian ond gwasgais fy llaw dros fy ngheg a cheisio rheoli fy ffobia.

Dyna pam roeddwn i yma. Eisteddais yn ôl a chraffu ar y corryn yn ofalus heb symud gormod rhag i mi godi ofn arno. Astudiais ei siâp, ei goesau, ei liw, ei faint a phob cymal brown, erchyll, blewog, llinellog. Heb os, hwn oedd corryn y ffidil.

Roedd yn fwy na'r lluniau.

Roeddwn yn gwybod sut i'w adnabod erbyn hyn. Roedd yn wahanol ei olwg i gorynnod eraill. Roedd ei siâp a'i liw unigryw wedi ei gerfio ar fy nghof. Roedd yn edrych fel ffidil, yn un peth. O'r 37,000 a mwy o rywogaethau o gorynnod yng Ngwatemala, dyna wyrth bod corryn y ffidil wedi dod ata i. Crynais mewn ofn a rhyfeddod at y digwyddiad swreal hwn.

Y peth rhyfeddol oedd, o diwnio mewn i'r syniad o weld corryn, sylweddolais fod nifer fawr o gorynnod ar hyd y lle o bob maint a lliw. Roedden nhw wedi bod yno drwy'r nos, yn amlwg, a minnau wedi gorwedd yno'n hepian cysgu heb wybod. Ond roeddwn i'n ofni corynnod. Sut allwn i fod wedi cysgu yn eu canol? Am fod ofn hyd yn oed yn fwy wedi fy meddiannu erbyn hyn, mae'n debyg. Yr ofn mwyaf yn y byd erioed i ddyn. Ofn marw. Roeddwn ar goll yn y jyngl o hyd. Doedd dim syniad gen i sut i ddod allan heb help na signal ar y ffôn. Dyma'r ofn mwyaf. Nid ofn corryn ond ofn marw.

Chwiliais yn fy rycsac am yr ateb. Doedd dim llawer ar ôl yno. Ychydig o fwyd, ychydig o ddŵr. Stwffiais losinen siwgr barlys i 'ngheg a'i sugno er mwyn peidio teimlo'n benysgafn ac yn fwy na dim, er mwyn cael rhywbeth i ganolbwyntio arno. Yna teimlais rywbeth yn y boced ochr. *Llyfr Corynnod y Mwmbwls*. Fe'i hestynnais o'r boced a chwilio am y cyfarwyddiadau ar sut i'w ddofi.

Sut i ddofi corryn.
1. Rhoi bwyd i'r corryn er mwyn cynnal ei ddiddordeb a'i gadw. Fel arfer bydd corryn yn rhedeg oddi wrth ddyn. Wrth fwyta bydd yn anghofio ei ofn.

Cofiais fod bisged yng nghrombil fy mag a'i thynnu allan. Wel, hanner bisged oedd hi erbyn hyn. Crymblais ran ohoni'n friwsion a'u gwasgaru ar y llawr. Yna clywais siffrwd bach yn y we, a symudodd y corryn o'r we a'i ollwng ei hun ar raff i'r llawr fel dringwr yn dod lawr ochr craig. Dechreuodd fwyta'r briwsion yn berffaith daclus. Gwyrth. Roeddwn ofn symud. Ofn y corryn ac ofn i'r corryn fynd. Syllais arno eto. Ei astudio fel y byddai gwyddonydd yn ei astudio. Roedd tri chymal ar bob un o'i wyth coes. Roedd ei gorff yn ddwy ran hirgrwn, frown a'i ben yn fach, fach gyda dwy lygad frown a chrafangau amlwg yn barod i afael mewn bwyd. Rhyfeddais at ei harddwch a'i berffeithrwydd a'i gywreinrwydd. Syllodd yntau yn ôl arna i. Ond ddim yn gas. Allwn i ddim ei ddal yn y teclyn, byddai'n rhedeg i ffwrdd. Mor ffôl a naïf y bûm i gredu mai mater hawdd fyddai cael gafael ar gorryn yn y gwyllt.

Roeddwn wedi meddwl mai dim ond pryfaid roedd corynnod yn eu bwyta, ond roedd hi'n amlwg bod corryn y ffidil yn bwyta briwsion bisgedi. Gosodais ragor o friwsion o'i flaen. O fewn eiliadau, roedd corryn arall wedi ymddangos, yna un arall. Cyn i mi allu dweud unrhyw reg, roedd rhes o gorynnod yn union yr un fath â'i gilydd yn ciwio am fwyd.

Cofiais am y tro aethon ni i gyd i Ffrainc i aros mewn *gîte* ac roedd hi mor boeth nes bod morgrug yn ceisio dod mewn i'r tŷ i fwyta bwyd. Gosodon ni focs Coco Pops ar ben yr oergell ac roedden nhw wedi eu selio'n dda iawn oherwydd y gwres. Y bore wedyn roedd byddin o forgrug yn martsio'r holl ffordd o ddrws cefn y *gîte*, ar hyd y llawr, i fyny'r oergell ac mewn i'r bocs ac wedyn mewn i'r pecyn oddi mewn i'r bocs. Rhyfeddod, yn wir!

Syllais ar y corynnod yn rhannu briwsion fel diaconiaid yn rhannu cymun. Allwn i ddim symud.

30

2. Rhowch eich wyneb yn wyneb y corryn a gwenwch arno. Bydd yn cael ei arswydo a'i hudo gennych a bydd yn ufudd.

Roedd gen i haid o gorynnod erbyn hyn. Dim ond gwenwyn un ohonynt oedd ei angen arna i. Cymerais anadl ddofn ac er gwaethaf popeth, gorfodais fy hun i orwedd ar y llawr a rhoi fy wyneb reit gyferbyn â wyneb un o'r corynnod. Gobeithio bo' ti'n gwerthfawrogi'r aberth hyn, Ken, meddyliais. Rhedodd y gweddill i ffwrdd. Aeth cryndod drwydda i wrth weld dwy lygad enfawr y corryn a'i geg gron a'i bawennau blaen anferthol yn ysgwyd tuag ata i. Beth allwn i ei wneud? Sgrechian? Cofiais fod pethau gwaeth a mwy brawychus na chorryn yn y byd. Cofleidiais y teimlad o ofn. Y paralysis oer. Y rhyfeddod marwol. Dal i syllu. Yna gwelais ryw anwyldeb yn wyneb y corryn. Rhyw wên yn ôl, bron â bod. Anadlais yn ddwfn ac anadlodd y corryn yn ddwfn hefyd. Rhyw ochenaid. Ochneidiais innau hefyd. A rhywsut roedd rhyw gytundeb rhwng menyw a chorryn wedi ei greu ar lawr y jyngl ar y diwrnod hwnnw yn oriau mân y bore.

Dwi ddim yn gwybod pa mor hir y syllodd y ddau ohonon ni ar ein gilydd. Symudais yn araf, araf a gofalus a chodi ar fy eistedd. Arhosodd y corryn yn ei unfan. Edrychais i lawr arno o ongl wahanol. Roedd un goes yn rhyw grynu ychydig bach. Roedd ei weld o'r ongl yma yn codi arswyd arna i eto. Ei siâp. Ei goesau hir, cryf yr olwg. Tybed oeddwn i wedi ei ddofi eto?

3. Rhaid i gorryn fod yn eich adeilad ac yn eich cyffiniau am 24 awr cyn iddo fod wedi ei lwyr ddofi.

Sut? Ar hyn o bryd roedd i'w weld yn ddigon hapus, felly gadewais iddo fod ac eisteddais yn fodlon wrth ei ymyl.

Buan iawn yr heneiddiodd y diwrnod. Aeth yr haul yn wannach ac yn agosach i'r ddaear, caeodd y blodau hardd eu petalau, llwydodd yr awyr ryw ychydig a daeth adar gwahanol i ganu. Roedd y corryn yn yr un man. Roeddwn wedi blino'n lân ar ôl diwrnod gwallgo yn gwneud dim byd ond ceisio dofi corryn. Rhoddais fy mhen yn ôl i lawr wrth ymyl y corryn a chysgu.

Deffrais ac roedd y corryn wedi symud. Roedd ar gornel bellaf y llawr brigau yn syllu arna i.

4. Rhowch enw i'r corryn.

'Mozart!'

Trodd y corryn ei ben a cherdded ata i. Roedd hi'n hanner dydd ac roeddwn wedi bod ar ddihun am wyth awr ac wedi bedyddio'r corryn. Bellach roedd yn adnabod ei enw ac yn dod ata i pan fyddwn i'n ei alw. Roeddwn yn llwglyd ac yn teimlo rhyw iwfforia. Roedd dwy rôl gaws sych gen i yn y rycsac. Twriais i'w nôl ac yn fy nghyffro stwffiais y gyntaf i fy ngheg ac yna hanner yr ail un, heb feddwl ddwywaith a heb gofio 'mod i i fod i ddogni bwyd. Torrais ddarn o hanner olaf yr ail rôl a rhoddais friwsionyn o flaen Mozart fel arwydd o gyfeillgarwch. Bwytaodd yn llawen gan wenu arna i wedi iddo lyncu'r darn bach olaf. Bron na allwn ei glywed yn dweud 'Diolch'.

Amcangyfrifais fod gen i bron i ddeg awr ar ôl i gadw'r corryn yn y guddfan ac erbyn hynny fe fyddai, yn ôl y llyfr, yn ddof. Fy nghorryn i fyddai e wedyn a gallwn wneud beth a fynnwn gydag ef. Fi fyddai ei feistr.

Tra bod y corryn yn dal yma, roeddwn yn hollol hapus i fodoli wrth ei ochr. A dweud y gwir, roedd pob ofn wedi diflannu. Doeddwn i ddim yn siŵr ai colli'r ofn tuag at y corryn yma roeddwn wedi ei wneud, neu a oeddwn wedi trechu fy ofn o bob corryn ar y blaned. Amser a ddengys.

5. Chwaraewch gerddoriaeth i'r corryn.

Dyma oedd yr amser i mi chwarae Ken ar y ffidil i'r corryn. Estynnais am fy ffôn a chwarae'r gân o *Schindler's List*.

Roedd Mozart wedi dechrau symud o un ochr i'r llall fel petai'n gwrando ar rythm y gân. Roedd yn hudolus ei weld fel hyn. Mor annwyl. Roedd batri'r ffôn yn mynd yn isel ac felly fe rois y gorau i'r miwsig ar ôl rhyw ddeg munud. Aeth Mozart i'w gornel yn siomedig.

6. Mae corynnod yn efelychu eu hysglyfaeth er mwyn ei hudo a'i ddal. Gwnewch hyn.

Hawdd. Es i ar fy mhedwar a symud o un ochr i'r llall. Roedd y symudiadau'n drwsgl i ddechrau – doeddwn i erioed wedi gwneud hyn o'r blaen, ac roedd y lle mor eithriadol o gyfyng. Ond yn raddol, roeddwn yn gallu dynwared symudiadau corryn. Roeddwn yn mwynhau gymaint nes i mi anghofio pwrpas y peth. Gwelais Mozart yn edrych arna i o'i gornel. Yna, daeth yn agos ata i ac ymuno yn y ddawns. A dyna lle buon ni, fi a Mozart y corryn bach yn dawnsio mewn cuddfan o bren a dail a chardigan, plu, blodau a phetalau ym mherfeddion y jyngl yng Ngwatemala i sŵn adar a mwncïod a phryfaid. Doeddwn i ddim am i hyn ddod i ben. Roeddwn yn mwynhau fy hun. Roeddwn yn un â fy nghorryn. Roeddwn innau mor agos at fod yn gorryn fy hunan ag y bûm i erioed. Corryn o berson yn corynna o bren i bren.

31

Byddai Ken a fi'n dawnsio dipyn pan oeddem yn iau. Ddim yn gyhoeddus. Dwy droed chwith yr un oedd gyda ni, ond roedden ni'n mwynhau dawnsio i *jazz* Lladin Americanaidd. Santana oedd ein hoff fand ac roedden ni wedi dawnsio iddyn nhw ar noson ein dyweddïad ac ar noson ein priodas. Daeth eu caneuon amlycaf yn anthemau i ni. Ein hoff beth oedd dawnsio yn y gegin wrth fwyta tapas ac yfed gwin coch. Jyst ni'n dau.

Aethon ni i ar ein mis mêl i Ciwba. Roeddwn i a Ken wedi bod yn segura am wythnos gyntaf ein pythefnos o wyliau ar draeth glân, preifat ac yn bwyta ac yfed llond ein boliau pryd bynnag roedd yr awydd yn ein taro yn y bwytai *all inclusive*. A dweud y gwir, roedd cymaint o fwyd wedi ei weini a'i fwyta, doedd gennym mo'r awch i fwyta rhagor erbyn hynny. Er bod y gwledda yn fendigedig am y tridiau cyntaf, bwyta o ran arferiad oeddem wedyn. Bwyta gan fod bwyd o'n blaenau. Ymhen ychydig ddyddiau, roedd arogl bwyd yn dechrau troi arnom, ynghyd ag arogl polish y stafell berffaith, lle'r oedd morwyn yn gosod y tywelion mewn siâp alarch bob bore, a lle'r oeddem yn yfed *champagne* ar y balconi yn gwylio dynion Ciwba yn chwistrellu'r hwyr gyda rhywbeth cryf i gadw mosgitos a phryfaid draw.

Roeddem eisiau gweld y Ciwba go iawn, felly dyma ni'n pacio'n rycsacs a dal bws i Cienfuegos, dinas yng nghanol Ciwba. Roedden ni'n fudr ac yn chwyslyd yn cyrraedd ac aethon ni i guro ar ddrws rhywun er mwyn cael llety am y noson. Dyna oedd y drefn i deithwyr yn y wlad ar y pryd. Gawson ni groeso mawr, cawod gynnes a digonedd o fwyd yng nghartref gwraig weddw hynod hardd a soffistigedig oedd yn honni ei bod wedi cwrdd ag Ernest Hemingway. Pili oedd ei henw. Roedd corwynt wedi taro'r ynys ddyddiau cyn i ni gyrraedd. Wrth gwrs, nid oedd olion o hyn yn ein gwesty Virgin crand. Dywedodd Pili fod sawl un wedi marw yn y corwynt a threfi wedi eu difrodi'n ofnadwy.

Roedd ceir Cienfuegos yn perthyn i'r pumdegau fel roedd yr adeiladau a'r dillad. Teimlwn 'mod i mewn ffilm. Doedd bywyd ddim wedi symud ymlaen ers y cyfnod hwnnw chwaith. Roedd bwyd yn blaen ac yn brin. Doedd dim bwytai crand. Ar y sgwâr daeth dau ddyn aton ni a cheisio gwerthu sigârs i ni. Doedden ni ddim eisiau rhai gan ein bod wedi prynu rhai'n barod i fynd adre fel atgof am Ciwba. Ond roedd bygythiad yn llygaid y dynion ac roedd hi'n haws talu crocbris am y sigârs a'i heglu hi oddi yno. Dreulion ni'r noson honno mewn bar bach llawn lluniau o Che Guevara, yn yfed *rum* lleol ac yn dysgu sut i dorri darn o flaen y sigâr, ei chynnau a'i hysmygu yn llawn arddeliad. Roedd y barman yn gyn-focsiwr oedd yn ysu am fynd i America ond yn derbyn mai yn Cienfuegos y byddai am byth, yn gweithio tu ôl i far.

Wrth gerdded 'nôl i'r gwesty daeth storm drofannol a bu bron i ni gael ein taro gan fellten. Gymaint oedd ein hofn a'n rhyfeddod at y Ciwba go iawn a brofon ni mewn cwta ddeuddydd, wnaethon ni ddim byd, dim ond eistedd yn ffenest y gwesty am oriau yn syllu ar y storm; Ken yn dweud wrtha i gymaint roedd e'n fy ngharu a minnau'n adleisio ei eiriau ac yn addo y bydden ni'n caru ein gilydd am byth. Addawon ni hefyd y bydden ni'n dychwelyd i Ciwba rhyw ddydd a dawnsio eto gyda gwin ar ein gwefusau, fel dwy gleren flinedig yn taro'i gilydd yng ngwres ffenestri'r haf.

32

7. Rhaid cyffwrdd y corryn. Mwytho ei ben. Ei gael i orwedd. Mae'r broses o ddofi wedi ei chwblhau.

Er 'mod i wedi treulio noson yn y jyngl ac yn ystyried fy hun yn ddewr, doeddwn i ddim yn ddigon dewr i gyffwrdd â Mozart. Doedd dim unrhyw ffordd y gallwn i wneud hyn.

Beth yw person dewr? Arferwn feddwl bod geni babi yn ddewr. Ond mewn gwirionedd, does dim dewis gan fenyw feichiog ond geni os yw hi wedi cymryd y penderfyniad o genhedlu plentyn. Fe ddes i deimlo bod y gallu i wneud penderfyniad yn ddewr. Daeth Ken a minnau i benderfyniad gyda'n gilydd yn y diwedd ein bod ni ddim am gael plant. Oedd hynny'n benderfyniad dewr neu'n benderfyniad llwfr? Oedd bod yn gwpl yn ddigon i ni? Oedd hynny'n naïf? Efallai fod salwch Ken wedi newid pethau nawr. Doedd hi ddim yn rhy hwyr i mi geisio cael plentyn. Ond eto, efallai ei bod hi'n rhy hwyr am resymau eraill ...

Yn y foment hon yn y jyngl, wrth wynebu corryn, roedd gen i benderfyniad i'w wneud. Fe allwn i adael y guddfan, chwilio am fy ffordd yn ôl a hedfan yn ôl i

Gymru. Neu fe allwn gyffwrdd â'r corryn hwn, cwblhau'r broses o'i ddofi a chael gafael ar y gwenwyn a mynd ag e adre at fy ngŵr sâl a'i wella. Doedd gen i ddim dewis. Ond roedd gen i ddewis hefyd. Ond, mewn gwirionedd, sut berson fyddai wedi dod mor bell â hyn a throi 'nôl ar yr unfed awr ar ddeg? Nid person dewr.

Beth ddylwn i ei wneud? Doeddwn i ddim yn gallu twtsh â chorryn. Roedd rhaid twtsh â'r corryn. Allwn i ddim. Roedd rhaid.

Meddyliais am Ken.

Meddyliais am ei ddewrder, ei ofn enbyd a'r ffaith na fyddai, o bosibl, yn byw i weld y Dolig. Beth oedd cyffwrdd â fy ofn mwyaf o'i gymharu â hynny? Cywilyddiais am fod mor hunanol â di-asgwrn-cefn. Gwridais mor goch â'r morgrug ar risgl y coed. Gwridais fel y wawr oedd yn codi dros y jyngl. Gwridais dros bopeth di-asgwrn-cefn roeddwn wedi ei wneud erioed. Gwridais oherwydd y pethau nad oeddwn wedi eu gwneud. Y momentau hynny na ddigwyddodd rhwng pobl am 'mod i wedi gwrido'n dawel ac allan o'r golwg. Yn rhy swil. Rhy ofnus. Rhy debyg i lygoden. Rhy barod i wylio pethau'n digwydd i bobl eraill o bell. *Ti ofn dy gysgod dy hunan.*

Codais fy llaw, a'i hestyn yn ofalus. Cyffyrddais â'r corryn â blaen fy mys bach.

Bu bron i mi lewygu.

Ni symudodd y corryn.

Roedd yn edrych ar ddim, ac yn edrych arna i. Roedd wedi ei swyno. Roedd fy anadliadau'n cael eu poeri o fy ngheg a'r chwys yn llifo i lawr fy nghefn. Gallwn arogli fy ofn fy hunan. Cyn i mi gael traed oer, taenais fy mys yn ysgafn, ysgafn ar hyd corff y corryn, o'r pen i'r pen ôl. Yna symudais at y coesau. Roedden nhw'n teimlo fel dim byd. Fel anadl aderyn. Dim i'w ofni. Roedd y corryn yn gwbl lonydd o hyd. Yna, aeth cryndod drwyddo ac aeth y coesau yn is at y llawr. Ymestynnon nhw allan a gorweddodd Mozart ar y llawr gyda'i goesau yn fflat. Doeddwn i erioed, mewn llun na rhaglen deledu, wedi gweld corryn yn gwneud y fath beth. Doedd e ddim hyd yn oed yn edrych fel corryn mwyach.

Fe dybiwn fod yr amser wedi cyrraedd. Es i'r bag ac estyn y chwistrell. Roedd y broses ar ôl hynny yn hawdd a didrafferth. Doedd tynnu'r gwenwyn, sef y darn roeddwn wedi rhagweld y byddai'n anodd tu hwnt, ddim yn broblem. I mewn â'r nodwydd ac allan â'r gwenwyn. Llenwi'r ffiol wedyn â'r hylif di-liw a diarogl, fel dŵr. Roedd Mozart yn dawel a di-fynd. Ond doedd e ddim yn edrych fel petai mewn poen.

Gosodais yr offer a'r ffiol yn y bag a chau'r sip. Roeddwn wedi gorffen. Roeddwn wedi cael yr hyn o'n i wedi dod yma i'w gael. Buddugoliaeth. Ond roeddwn wedi blino mwy nag oeddwn i erioed wedi ei wneud yn fy mywyd. Roedd diffyg bwyd a dŵr a'r gwres tanbaid yn dechrau dweud arna i, a gallwn deimlo fy llygaid yn cau er gwaethaf pob ymdrech i gadw'n effro.

33

Breuddwydiais am Mozart. Roedd e wedi mynd yn ôl i deyrnas y corynnod a dweud ei stori fawr. Roedd y corynnod eraill yn falch iawn ohono ac fe benderfynon nhw gynnal parti iddo. Dawns i fod yn fanwl gywir. Yn y ddawns, roedd Mozart wedi llwyddo i ddenu'r corryn benywaidd harddaf ohonyn nhw i gyd. Tracy. Hon roedd e wedi'i llygadu ers amser. Bu'n dawnsio gyda hi a dangos symudiadau newydd iddi – y rhai roedd e wedi eu dysgu gen i. Aeth y ddau i ffwrdd gyda'i gilydd i dwll yn y goeden a charu er mwyn creu llond nyth o Fozarts bach. Roedd rhai o'r corynnod gwrywaidd eraill yn genfigennus o hyder a harddwch newydd Mozart a'r ffaith ei fod wedi denu Tracy, y corryn harddaf yn yr ardal, felly benderfynon nhw ei ladd. Aethon nhw ati fel criw i ddod o hyd iddo. Erbyn cyrraedd y goeden lle bu ef a'i gariad yn caru doedd dim sôn amdano. Yn y diwedd dyma Tracy'n cyfaddef iddi ei fwyta.

Deffrais yn chwys oer. Roedd Mozart yn haeddu gwell. Roeddwn am ei wobrwyo. Roedd ei gymorth wedi bod mor anhygoel o werthfawr i mi. Chwiliais amdano yn y guddfan. Doedd e ddim yn ei gornel arferol. Edrychais i lawr at y ddaear, ond doedd dim sôn amdano.

Roedd fy ngheg yn sych fel cesail camel a chwiliais am ddŵr a rhywbeth i'w fwyta o'r rycsac. Doedd dim llawer o ddim ar ôl erbyn hyn, dim ond hanner bar o siocled a chwarter potel o ddŵr. Llowciais ryw fymryn, gan gadw'r gweddill, rhag ofn y byddwn bron â marw o syched.

Paciais fy mag a gwisgo fy sgidiau yn barod i adael. Ond doedd dim syniad gen i *sut* i adael. Edrychais o amgylch y guddfan fach am y tro olaf. Anadlais sŵn yr adar a'r mwncïod cyn llithro allan ac i lawr y goeden. Tybed a fyddai fy nghuddfan yn chwalu o fewn dyddiau neu a fyddai'n dod yn gartref i anifeiliaid gwyllt? Neu a fyddai rhywun yn dod o hyd iddi ac yn gweld bod rhywun wedi byw yno?

Roeddwn yn drist ofnadwy o beidio ffarwelio â Mozart, na diolch iddo. Yna sylwais ar rywbeth ar y llawr wrth fy nhraed. Corryn. Mozart.

Plygais i'w weld. Rhewais. Roedd wedi marw. Yn bendant. Doedd dim amheuaeth.

Allai neb fod wedi fy mharatoi am y boen a deimlais o weld y corryn hwn yn gelain ar lawr y jyngl. Neb na dim. Doeddwn i ddim wedi sylweddoli bod defnyddio Mozart ar gyfer y feddyginiaeth yn mynd i olygu y byddai'n marw. Doedd dim sôn am hyn yn y llyfr. Roedd Mozart wedi marw er mwyn i Ken fyw! Gorweddai yno, nid wedi cyrlio'n bêl fel y gwelwch chi gorynnod marw fel arfer o ddod ar eu traws mewn sied neu gwtsh dan staer. Roedd Mozart – y cymeriad fel ag yr oedd e – yn gorwedd yn wastad gyda'i goesau ar led. Edrychai fel darlun o gorryn.

Edrychai fel petai rhywun wedi rhoi pìn drwyddo a'i osod ar ddarn o gardfwrdd mewn amgueddfa.

Syrthiais i'r llawr yn ddiymadferth a 'nghefn yn pwyso ar y goeden, gan wylo. Wylais y bore hwnnw yn drymach ac yn hirach nag erioed. Wylais dros y corryn a'r holl bethau roeddwn i'n ceisio eu trechu a'u cyflawni. Wylais dros farwolaeth.

Claddais Mozart mewn twll bach a dwriais gyda fy mysedd. Daliais i fe ar gledr fy llaw. Roedd yn sych gan haul a charedigrwydd a chariad. Gosodais ef yn y pridd a chau'r twll.

Codais fy wyneb at yr haul a gweld mwnci yn siglo o gangen i gangen yn hyderus. Roedd yn hongian uwch fy mhen fel deilen cyn disgyn o'r gangen a glanio wrth fy nhraed.

Ken y Mwnci.

Chwarddais yn uchel wrth iddo dynnu wyneb arna i yn hy a cherdded o fy mlaen gan wneud rhyw arwydd i mi ei ddilyn. Tybed oedd e'n gwybod y ffordd allan o'r drysni gwyrdd? Yn gwybod i ba gyfeiriad roeddwn i angen mynd? Doedd gen i ddim syniadau gwell i ffeindio fy ffordd allan o'r jyngl.

Dilynais y mwnci am rai oriau, cyn iddo ddiflannu'n sydyn yn ôl i'r gwyrddni wrth i ni glywed lleisiau'n gymysg â synau'r anifeiliaid. Teimlais y rhyddhad rhyfeddaf yn llifo drwy fy nghorff o weld adfeilion cyfarwydd Tika'n ymddangos yn dyrau uchel o fy mlaen a'r lle'n prysur lenwi â thwristiaid, yn barod am antur.

Rhan Tri

34

Roedd Ken yn edrych fel petai yntau wedi bod ar goll mewn jyngl hefyd. Roedd yn sefyll yn fy nisgwyl yn y maes awyr. Ei wallt yn flêr, ei grys siec o FatFace yn hongian dros y jîns llac. Ei ffôn yn ei law. Oedais ac edrych arno o bell cyn iddo fy ngweld i a theimlais 'mod i'n ei weld am y tro cyntaf erioed. Roedd yn llai nag oeddwn i'n ei gofio. Aeth fflach o bryder drwof. Cerddais ato. Dim coflaid. Oedi. Am eiliad neu ddwy roeddem wedi colli nabod ar ein gilydd. Edrychon ni i fyw llygaid ein gilydd. Estynnodd ei law ataf. Dweud dim. Gwenais.

Wylodd Ken. Doedd Ken byth yn colli deigryn. Roedd Ken yn wylo nawr ... ac roedd yn debyg i fy nhad, fy mrawd, y mwnci yn y jyngl, i mi fy hun ... roeddwn adre.

Cydiodd y ddau ohonon ni yn ein gilydd, yn llawn gwres.

Wrth fynd at y car roedd naws yr hydref gymaint yn gryfach ar ôl i mi fod mewn gwlad boeth, ddidymor. Roedd arogl marwolaeth yn yr aer ond roedd rhywbeth cartrefol amdano hefyd.

'Does unman yn debyg i gartre,' dywedais a gwenodd Ken ar yr ystrydeb. 'Mae'n hollol wir.'

'Gest ti fe trwy *customs*?'

Amneidiais. 'Mae mewn hosan yng ngwaelod y bag.'

Roedd Ken wedi bod wrthi'n gwneud cawl. Tra 'mod i'n dadbacio ac yn cael cawod, cyneuodd dân mawr yn y grât ac arllwys gwin.

'Sut alla i ddiolch i ti?'

''Sdim angen. Yn iach ac yn glaf.' Dechreuodd grio eto. 'Dwi jyst mor falch o fod adre. Ar un pwynt, do'n i ddim yn meddwl y byddwn i'n dy weld di eto.'

'Dwi eisiau clywed y cwbl.'

'Dim nawr. Rywbryd eto. Mae'r stori yna'n perthyn i fi a'r corynnod. A ta beth, dwi ddim yn gwybod wnei di fy nghredu i.'

Cawsom noson hyfryd yn bwyta llond ein bol o fwyd ac yn yfed gwin wrth syllu ar y tân cysurus. Codais fy ngwydryn.

'I'r corynnod!'

'I'r corynnod,' meddai Ken ar fy ôl fel eco bach mewn ogof fawr.

Doeddwn i ddim am i Ken symud o fy ngolwg. Doeddwn i ddim am i'r eiliad droi'n eiliad newydd. Ddim am i'r noson ddod i ben. Ddim am drafod y daith a ddim am ddeffro yn oerfel llaith a chrin Cymru. Ond mae amser yn symud a symud o hyd a dim ond atgofion sy'n sefyll yn stond. Llosgodd y darn coed olaf. Roedd un peth pwysig i'w wneud ...

Codais a mynd i nôl y rycsac ac estyn *Llyfr Corynnod*

y Mwmbwls ohono. Doedd cyflwr y llyfr ddim gwaeth, diolch byth. Es i at yr adran hollbwysig ac ailddarllen y cyfarwyddiadau.

Tynnwch yr hylif a'i daenu ar gwt
Neu'i yfed mewn bowlen o lefrith yn dwt.

'Wyt ti'n barod?'

'Barod,' meddai fel petai'r ddau ohonon ni'n mynd i redeg ras.

Aethon ni i'r gegin ac arllwysais laeth mewn i wydr i Ken. Fe'm gwyliodd yn estyn yr hosan binc o waelod y bag a thynnu'r ffiol allan yn ofalus. Gwnaeth wyneb cam wrth edrych ar yr hylif brown yn fanwl. Chwistrellais yr hylif mewn i wydraid o laeth Ken a'i droi â llwy de. Rhoddais y gwydr iddo – yn seremonïol, bron, fel petawn i'n cyflwyno'r Corn Hirlas iddo.

'Dyna ti.'

'Y Pair Dadeni,' meddai Ken gan ei roi o dan ei drwyn â rhyw hanner gwên. 'Ti'n siŵr fod hwn yn saff?'

Codais fy ysgwyddau. 'Well i ti yfed e ar ôl popeth dwi wedi bod drwyddo!'

Gwyliais e'n yfed y stwff. A dyna ni. Roedd hi mor syml â hynny. Yfodd Ken y gwenwyn yn hapus a doedd yr un ohonon ni'n gwybod beth yn y byd roedd e'n ei yfed mewn gwirionedd. Ac er mor ddiolchgar oeddem am y cyfle yma i geisio newid cwrs y canser, doedd dim ots rhagor p'un a oedd y gwenwyn yn mynd i weithio neu beidio. Roedd y ddau ohonon ni y tu hwnt i hynny. Wedi rhyw fath o dderbyn ein tynged, beth bynnag y bo.

35

Cryfhaodd Ken o wythnos i wythnos. Tyfodd ei wallt yn fwy trwchus. Llyfnhaodd y croen ar ei wyneb a dechreuodd wenu mwy. Roedd awydd gwneud mwy o bethau arno. Roeddwn yn ddiolchgar am hyn. Ond weithiau mae rhywun yn gweld pethau nad ydyn nhw wir yno.

Fis ar ôl i mi ddod 'nôl o Gwatemala, roedd yr apwyntiad hollbwysig gyda'r ymgynghorydd yn yr ysbyty ar ôl i Ken fod am sgan ddwywaith. Hwn oedd yr un ymgynghorydd a ddywedodd wrthyn ni ychydig fisoedd yn ôl nad oedd gobaith. Roedd Ken, wrth gwrs, er ei fod yn teimlo'n well, yn ofni mynd. Ofn cael mwy o sicrwydd ynglŷn â'i dynged. Ofn clywed y naill ffordd neu'r llall.

'Dewch mewn, Mr a Mrs Jones.'

Aethom fel madfallod i'w stafell wen, oer. Daeth arogleuon y diagnosis yn ôl.

Teimlwn fel chwydu.

Cymerais anadl ddofn a gafael yn llaw Ken. Tynnodd Ken ei law i ffwrdd oddi wrtha i.

'Eisteddwch.' Pesychodd yr arbenigwr wrth edrych ar y papurau o'i flaen. 'Wnaethon ni brofion a sgans arnoch chi, Mr Jones.'

'Plis – Ken.'

'Ken.' Cymerodd anadl fawr. Cnoc ar y drws. Nyrs yn rhoi'i phen rownd y drws cyn iddo ateb.

'Doctor, dwi ...'

'Wedyn. Dwi gyda claf.' Roedd yr ymgynghorydd yn siarp gyda hi ond ddim yn ddigon siarp yn fy marn i.

Aeth y nyrs.

Cymerodd yr ymgynghorydd anadl ddofn arall cyn codi llun y sgan. 'Mae'r canser yn dal yna.'

Tawelwch.

'Ond y newyddion da ydy fod e ddim wedi gwaethygu fel roedden ni wedi'i ddisgwyl.'

Edrychais i ar Ken a rhoddodd hanner gwên gan ddweud, 'Waw.'

'Ydy hyn yn arferol?' gofynnais.

'Weithiau. Efallai. Does dim dal. Wnawn ni gadw llygad arnoch chi, Mr Jones. Ken.'

''Wedoch chi mai dyma oedd y diwedd. Bod dim gobaith.'

'Chi dal yma am y tro. Gwnewch y gorau o deimlo'n dda,' meddai'n ddi-hid gan edrych ar ei oriawr. Roedd ein hamser ar ben, yn amlwg.

Cododd y ddau ohonom a gadael y stafell a'r ysbyty law yn llaw heb yngan gair. Doedd dim angen.

36

Drannoeth oedd y diwrnod dwi'n ei gofio fel y diwrnod perffaith. Roedd Ken wedi codi o fy mlaen, a daeth â phaned o de i mi yn fy hoff fẁg *burnt orange* a brynais o siop grefftau hyfryd a drud ym Mhen Llŷn ryw haf.

Pan ddes i lawr i'r gegin roedd Ken yn dod mewn o'r ardd â llond padell o domatos. Roedd ei falchder mor goch â'r tomatos. Cerddais ato a rhoi fy nhrwyn mor agos at y badell ag y gallwn ac arogli misoedd yr haf arnynt. Arogl bochau rygbi fy mrawd ddiwedd Awst, arogl pabell sioe arddio'r ardal fyddai'n gadael ei hôl hafaidd ar barc Port Talbot tan y gaeaf, arogl gwreiddiau, arogl pethau sydd ddim yn newid.

Y diwrnod hwnnw aethon ni yn y car yn ein dillad haf i redeg ar ôl yr haf bach Mihangel oedd wedi dechrau dangos ei wyneb egnïol. Aethon ni â phabell yn y bŵt a gyrru am y môr. Roedd hwyliau mor dda ar Ken a chymaint o egni ganddo nes roedd hi'n hawdd iawn anghofio bod salwch enbyd wedi bod yn bwyta'i ffordd drwy ei gorff ers misoedd.

Wedi gosod y babell, aethon ni â dwy gadair a phicnic ac eistedd ar lan y môr ar y tywod trwy'r prynhawn. Siaradom am bopeth ond y canser. Roedd trafod hwnnw'n debygol o wneud i'r haul fynd tu ôl i gwmwl. Codais o'r gadair a gafael yn llaw Ken.

'Dere i'r môr.'

Cododd yntau a cherdded gyda fi, fel plentyn, at y dŵr oedd yn bell, bell erbyn hyn. Roedd cerrig a graean mân dan ein traed, yn brifo ac yn cleisio'n crwyn. Am ryw reswm, roedden ni'n syllu i lawr yn hytrach nag o'n blaenau. Roedd y tywod mor glir yn yr haul, fel petai wedi mynd y filltir ychwanegol yn arbennig i ni, jyst i ni am heddiw, nes 'mod i bron yn gallu gweld pob un gronyn yn unigol.

'Ti'n cofio'r lluniau yna o ronynnau tywod dan ficrosgop welson ni ar Facebook?' gofynnais.

'Ydw. Rhyfeddol.'

'Roedden nhw i gyd yn unigryw ac yn lliwiau gwahanol fel losin neu gregyn bach, bach lliwgar.'

'Ac o gregyn mae tywod yn dod.'

'Mae cymaint o bethau yn bodoli na allwn ni eu gweld nhw.'

Gwenodd Ken a gwasgu fy llaw. Yna gwelodd gragen wen a'i chodi.

'Mae hon mewn un darn. Dim un tolc ynddi.'

'Roedd cragen fawr fel'na gyda ni ar y grât pan o'n i'n blentyn. Daethon ni â hi 'nôl o Rodos. Roedd cychod bach yn eu gwerthu nhw yn y porthladd. Roedd rhaid i chi gamu ar y cychod o'r lan a mynd trwy resi a rhesi o gregyn yn hongian ar gortynnau, yn gwneud sŵn seinio fel clychau bach wrth i chi eu cyffwrdd. O'n i wrth fy modd â'r gragen yna. O'n i'n taeru 'mod i'n gallu clywed duwiau Groeg yn ymladd pan o'n i'n ei rhoi hi wrth fy nghlust.'

Rhoddodd Ken y gragen wrth ei glust a gwrando a gwenu. Roedd e fel plentyn nad oedd erioed wedi profi'r wefr o glywed sŵn y môr mewn cragen o'r blaen. Am y tro cyntaf yn fy mywyd, teimlwn bŵer drosto. Yn gyfrifol amdano, yn gyfrifol am ei gadw'n fyw. Trodd Ken ata i a rhoi'r gragen i mi, rhoddais hi ym mhoced fy nghardigan ac aethom am y môr.

Roedd ein traed gwynion fel cariadon newydd dan yr ewyn oer, oer. Gerddon ni am sbel, 'nôl a 'mlaen ar hyd y bae wrth odre'r môr mawr, yn teimlo'i bresenoldeb wrth ein hochr. Yna, heb ddweud gair, trodd Ken, gollwng fy llaw a mynd yn ddyfnach nes fod y dŵr yn gwlychu ei siorts. Gwyliais i'r gwlybaniaeth yn bwyta'i ffordd drwy'r defnydd a'i droi'n ddu. Ond roedd golwg fodlon ar Ken. Aeth yn ddyfnach a dyfnach nes iddo ildio i'r demtasiwn a deifio i mewn o dan y don. A dyna hi, tynnais fy nghardigan a'i thaflu at y tywod sych a dilyn fy ngŵr i'r dyfnderoedd. Roedd oerni hallt y môr yn boenus ar fy nghroen ond roedd yn boen dda a daliais i fynd nes 'mod i a Ken yn nofio ochr yn ochr ar draws y bae, ein gwalltiau'n ddi-raen a thamp a blas llosg yr halen yn ein gyddfau. Nofion ni nes ein bod yn methu nofio rhagor, wedyn troi'n ôl am y lan oedd yn edrych fel cilfach hollol ddirgel o bell. Yna fe gerddon ni allan o'r môr er bod hwnnw'n gafael yn ein pigyrnau'n dynn i geisio'n denu ni 'nôl.

Aethon ni 'nôl at y cadeiriau i lapio'n gilydd mewn tywelion cyn bwyta brechdanau caws a thomato. Eisteddon ni yno nes i'n dillad fod â haenen wen drostynt, fel wyneb craig yn yr haul, a nes ein bod ni'n hollol siŵr fod yr haul wedi machlud a dim ar ôl o'r dydd, dim ond cragen wen.

Gyda'r nos, a dillad cynnes amdanom, dyma fynd am dro i gasglu brigau bach ar hyd llwybr oedd yn mynd trwy'r goedwig. Cynheuon ni dân tu allan i'r babell ac yfed gwin coch a chofio mor neis yw tân, ac nad ar gyfer gwres yn unig mae pobl yn ei gynnau. Gwylion ni ddau ystlum yn troi o gwmpas ein pennau mor chwim â dyddiau pobl ifanc. Gwylion ni'r gwyfynod yn llosgi eu hadenydd. Gwylion ni'r sêr oedd ddim yno funud yn ôl, ond a ymddangosodd pan edrychon ni i'r nen, fel petaen nhw'n aros am ein caniatâd i ddisgleirio. Yna, dyma ferwi'r tegell ar stof fach nwy a chyffroi wrth aros am y chwiban, cyn mwynhau'r baned mewn cwpan metel. Gorweddon ni mewn sachau cysgu a sŵn y sips yn dweud nos da a gwynt y plastig fel gwynt hafau gwyllt wedi eu cywasgu i un gusan.

Nid oedd awydd arnon ni garu'r noson honno, dim ond gorwedd yn boenus o flinedig a gwrando ar gri tylluan yn y pellter a sŵn ci yn cyfarth ar ryw glos ffarm, sŵn traed hudol cadno a sŵn dail yn crafu top y babell. Sŵn hydref yn agosáu. Sŵn perffeithrwydd yn pylu. Roedd fy mhen yn llawn o'r diwrnod hwnnw a dim ond y diwrnod hwnnw.

37

Dwi ddim yn gwybod sut mae'r stori hon yn mynd i orffen achos mewn gwirionedd, dyw stori neb na dim byth yn gorffen, nag yw?

Mae Ken a fi'n hen yn ifanc. Rydym yn mynd am dro gyda'n gilydd law yn llaw ac yn treulio ein hamser yn gwylio adar yn yr ardd, yn trafod hyd y gwair a faint o wiwerod llwyd sydd i'w cael o gymharu â gwiwerod coch. A rhyfeddod lleuadau llawn.

Y rhyfeddod mwyaf i ni yw corynnod. Ers y feddyginiaeth anghredadwy a gafodd Ken, mae e'n mynd allan yn aml i ddal corynnod, yn eu hastudio ac yn cadw cwmni iddynt am oriau. Yna mae'n gadael iddyn nhw fynd yn ôl i'r gwyllt. Weithiau mae'n dod â nhw i'r lolfa ond yn eu cadw o fewn golwg. Flynyddoedd yn ôl fyddai hyn wedi achosi i ni ysgaru ond bellach, dwi'n ocê ynglŷn â'r corynnod. Dwi ddim yn dweud 'mod i wedi dod dros fy ffobia yn llwyr, ond dwi'n eu parchu ac yn diolch iddyn nhw am beth wnaethon nhw i Ken a minnau. Gallwn ddweud bod yr ofn wedi troi'n fwy o ryfeddod. Pleser i ni'n dau yw mynd allan yn y bore bach i astudio'r gweoedd sy'n drwm gan emau'r gwlith, fel mwclis. Rydyn ni'n chwilota'r cloddiau, nid am fwyar neu arlleg gwyllt, ond am gorynnod ac yn gafael ynddyn nhw. Rydyn ni'n cael gwefr o ddarganfod nyth ohonynt, yn gocŵn rhwng dau flaguryn a channoedd o rai bach yn cydio'n ei gilydd. Chwythwn arnynt yn ysgafn a gwirioni wrth eu gweld yn gwasgaru.

Mi wn fod y corynnod a Gwatemala wedi fy nysgu sut i weld pethau'n wahanol, rhoi golau newydd ar hen syniadau ac ofnau. Ond dwi'n dal i wybod nad oes ofn fel ofn marw. Os rhywbeth, ar ôl popeth, dwi'n gwybod hynny'n fwy nag erioed. Mae amser jyst yn mynd â ni at y diwedd. Ond fe sylweddolais fod y diwedd yna yn barod, beth bynnag. Marwolaeth. Does dim dianc ac mae sylweddoli hynny yn ddihangfa ynddo'i hun. Mae hefyd yn wyrth. Beth mwy sydd ei angen arnom?

Mae amser yn fawr neu'n fach, a chaiff awdur pob bywyd benderfynu faint y mae'n ymestyn ei amser ei hun. Fe allwn wibio i'r diwedd, fel fflicio tudalennau, a gweld ein stori'n rhedeg yn wirion fel sgribls o gymeriadau cartŵn pensil ar glustiau tudalennau llyfrau ysgol 'slawer dydd. Neu, fe allwn ni gydio yn ein nawr enfawr ac aros gydag e, fel camu i beintiad a dod yn un â'r lliw mwyaf llachar.

Ond gan fod gen i *Lyfr Corynnod y Mwmbwls*, roedd hi'n bosib iawn fod gen i ambell i ateb nad oedd gan neb arall. Roedd Ken yn iach, neu yn sicr yn iachach, ac felly, beth oedd yn fy rhwystro rhag creu rhagor o swynion i gyfoethogi a chryfhau ein bywydau?

Bore dydd Sadwrn tawel oedd hi, ychydig wythnosau

cyn y Nadolig. Doedd Ken ddim yn y tŷ. Roedd wedi mynd am dro i chwilio am anrhegion. Byddai menywod hanner call siŵr o fod yn treulio'r bore'n pobi cacennau neu'n glanhau, ond fe es i i nôl y llyfr o'i gartref o dan ein gwely ni.

Cawl i'ch helpu i fyw yn hirach.

Tynnwch aeron coch o'r llwyni,
Torrwch frwyn o ben y twyni,
Ysgallen fraith a dant y llew
A gwreiddyn ysgawen, talp go lew,
A draenen ddu a draenen wen,
A sudd collen o hollti'r pren,
Datod gwe rhyw gorryn bychan,
Eu rhoi mewn pot a berwi'r cyfan.

A dyna lle'r oeddwn i fel rhyw wrach uwchben y sosban fwyaf oedd gen i, yn troi'r gymysgedd briddlyd, ddeiliog, frownwyrdd. Dyna beth gafodd y ddau ohonon ni i swper y noson honno.

* * *

Mae chwe mis wedi mynd heibio ers i mi ddychwelyd o'r jyngl. Mae Ken yn corynna i'r corneli. Dyw e ddim yn mynd o'r tŷ er ei fod yn iach iawn ar hyn o bryd. Dyw e ddim yn cydio rhyw lawer chwaith yn y ffidil. Pan fydd, mae'n cael trafferth ei thiwnio. Fel petai'r glust yn wag o fiwsig. Fel petai wedi colli'r angerdd at gerddoriaeth yn sgil cael ei iechyd yn ôl.

Dwi'n meddwl am Gwatemala a Mozart o hyd. Dwi'n meddwl am Manuel a'r noson ryfeddol honno yn y bar, fel rhyw freuddwyd neu brofiad y tu hwnt i amser. Does dim lluniau gen i. Does dim byd gen i i brofi i mi fod yno o gwbl. Dim ond fy stori i.

Weithiau ar fore Sul diog, ar ôl i ni garu'n ffwndrus a hen, mae Ken yn gorwedd ar ei ochr, ei ben yn dywyll ar y gobennydd gwyn a byddaf yn ei wylio. Ar adegau fel hyn dwi'n ei weld yn fach ac yn hen. Yn crebachu fel deilen a minnau'n fawr a chryf. Ond rhyw gryfder yn mynd a dod rhwng dau yw cariad beth bynnag, yn y bôn, mae'n siŵr. Ac mae cryfder yn fwy na chyhyrau.

Dwi mor ddiolchgar i'r ferch a ysgrifennodd *Lyfr Corynnod y Mwmbwls* am gofnodi straeon a gwybodaeth oedd ar gael dim ond ar lafar flynyddoedd maith yn ôl. Byddai'r gwyrthiau hyn wedi eu colli hebddi. Beth ddigwyddodd iddi, tybed? Y peth pwysig yw bod y llyfr wedi goroesi. Ac mae gen i broblem fach arall erbyn hyn. Pwy gaiff y llyfr ar fy ôl i a Ken?

Meddyliais am hyn am amser hir a dod i'r penderfyniad 'mod i am gadw'r llyfr yn union lle mae wedi bod gen i, sef o dan y gwely. A byddaf yn troi ato'n wythnosol i drio gwahanol ryseitiau. Mae yna ambell un yn apelio ac ambell un, os yw'n gweithio, fyddai'n gallu 'ngwneud i'n filiwnydd: 'Sut i arbed gwallt rhag britho', 'Sut i newid lliw eich llygaid', 'Sut i gadw eich croen fel croen plentyn bach'. Ar fy ôl, fe gaiff fynd i'r Llyfrgell Genedlaethol, mae'n siŵr, os byddan nhw eisiau ei gael. Mae'n ddyhead gen i ei fod yn aros yng Nghymru. Ond dwi am drosglwyddo rhai o'r ryseitiau a'u rhoi ar y we bob yn dipyn. Mae'n bwysig bod pobl yn gweld nad gwyddoniaeth yn unig sy'n gallu cynnig atebion. Falle na fydd y genhedlaeth nesaf mor awyddus â hynny i godi llyfr, ond os wna i blethu'r ryseitiau â chefndiroedd lliwgar a'u gosod fesul un ar Instagram, fydd llygaid y byd arnyn nhw.

A yw'r gwenwyn wedi gweithio? *Nid yw'n gweithio i bawb, dim ond i rai. Cewch fwy o amser, neu fe gewch chi lai.* Doedd *Llyfr Corynnod y Mwmbwls* ddim yn honni bod y swyn yn cynnig gwellhad llwyr ... dim ond gwellhad o boen. Dim ond Ken sy'n gwybod hynny. A dim ond Ken hefyd sy'n gwybod fy stori i. Gwae i mi ddweud wrth y teulu. Fydden nhw ddim yn fy nghredu. A dweud y gwir, dwi o fewn trwch blewyn i wasgu'r botwm *delete* a chael gwared ar y stori hon i gyd. Merch ar ei phen ei hun mewn jyngl? Beth nesa? Byddai pawb yn credu 'mod i wedi creu ffantasi yn hytrach na glynu at y stori syml ein bod ni heb allu gwneud unrhyw beth i achub Ken. Ein bod wedi dod adre o'r ysbyty y diwrnod enbyd hwnnw pan gawson ni'r diagnosis ac wedi torri ein calonnau drwy'r nos. Wedi wylo'r dŵr yn heli. Wedi crio dagrau o law. Wylo'n hidl. Llef dau yn llefain. Wedi cario 'mlaen i yfed te a bwyta tost a jam bob nos cyn gwely. Wedi cwtsio yn y gwely. Wedi bod yn gobeithio bod y diagnosis yn anghywir. Wedi crynu drwy'r dyddiau.

Aros i farw.

Mae Ken yn credu fy stori, felly mae hi'n wir. Mae'r ddau ohonom yn hapus, hapus.

Ond dydw i ddim yn dweud wrtho i mi ddeffro bore ddoe a theimlo cosi tanbaid yn fy nhroed a bod y cosi hwnnw heb stopio ers hynny. Dyma wynebu ffaith frawychus sydd wedi bod yn fy mhoeni ers misoedd, rhywbeth dwi wedi ei guddio gyda fy sanau nos a dydd. Mae'r chwydd ar fy nhroed ers i mi gael fy nghnoi yn y jyngl wedi bod yn tyfu a thyfu, a bellach mae'n gweiddi am sylw. Fe dynnaf fy sanau ac edrych arno. Mae fel petai'n symud ... ond efallai mai pelydrau'r haul sy'n gyfrifol am hynny. Crafaf y lwmp, crafu a chrafu nes i mi dorri'r croen yn fy ysfa i leddfu'r cosi enbyd.

Syllaf yn fud ar y twll bach yn agor yn fy nhroed a choes fach ddu yn sleifio allan. Yn syfrdan, gwelaf gannoedd ar gannoedd o gorynnod bach, bach yn rhedeg allan o fy nhroed ac yn llenwi'r stafell.